KB168235

바다, 내 언어들의 희망 또는 그 고통스러운 조건

황금알 시인선 196

바다, 내 언어들의 희망 또는 그 고통스러운 조건

초판발행일 | 2019년 6월 29일

지은이 | 오태환
펴낸곳 | 도서출판 황금알
펴낸이 | 金永馥
선정위원 | 김영승 · 마종기 · 유안진 · 이수익
주간 | 김영탁
편집실장 | 조경숙
표지디자인 | 칼라박스
주소 | 03088 서울시 종로구 이화장2길 29-3, 104호(동숭동)
전화 | 02)2275-9171
팩스 | 02)2275-9172
이메일 | tibet21@hanmail.net
홈페이지 | http://goldegg21.com
출판등록 | 2003년 03월 26일(제300-2003-230호)

ⓒ2019 오태환 & Gold Egg Publishing Company Printed in Korea
값은 뒤표지에 있습니다.
ISBN 979-11-89205-36-2-03810

바다, 내 언어들의 희망 또는 그 고통스러운 조건

오태환 시집

황금알

내 몸 안 어둠의 바닥까지 들여다보려 했다

이 무덥고 불편하고 무모하고 덧없고 수치스런

폐결핵의 행려行旅

수유동에서 저자

차 례

바다, 내 언어들의 희망 또는 그 고통스러운 조건 · 1
— 그러니까 귀신고래는 없다

귀신고래는 없다 북양北洋의 흰 유빙遊氷 사이를 떠돌던 귀신고래는 이제 없다 구약 예레미야서 23장 6절과 졸피뎀 10㎎과 세작들의 우울한 저녁식탁에도 귀신고래는 없다 무슨 환부 같은, 페름기紀의 사력질 화석 안에도 귀신고래는 없다 참수를 금방 끝낸 IS병사의 검은 피 묻은 소맷자락에도 그의 검은 복면이 불현듯 돌아보는, 다마스쿠스 근교 와디의 눈부신 정적 속에도 귀신고래는 없다 나침반과 컴퍼스에도 귀신고래는 없다 사이버펑크 시대, 봄비 같은 종아리들이 봄비같이 붐비는 부부스와핑의 현장에도 귀신고래는 없다 달빛 받는 AK-47소총의 푸른 그림자에도 천상열차분야지도각석에도 귀신고래는 없다 미제사건 파일의 사건번호 목록에도 귀신고래는 없다 하마 마지막 숨을 느리게 쏟으며, 어느 늙은 북경원인이 무심히, 지켜봤을 주구점周口店의 택지재개발공사 같은 햇살 속에도 귀신고래는 없다 그 햇살 아래 비계처럼 가설되는 금잔화金盞花떼 속에도 귀신고래는 없다 무기밀매업자의 대장내시경에도 전직대통령의 차명계좌 잔고에도 귀신고래는 없다 구제역으로 집단폐사한 돼지들이 개처럼 모여 짖고 있을지 모르는, 화성과 목성 사이 소행성대의 춥고 어두운 중력방정식 안에도 귀신고래는 없다 밤마다 정치적 망명을 도모하는 한 시인의 물방울처럼 상傷한 시집 갈피에도 귀신고래는 없다 그대가 오래 울다가 깨어난 새벽, 도무지 기억해내지 못하는 꿈의 그, 으슥한 그늘에도 귀신고래는 없다 오늘 오후 두 시 십칠 분 속에도 귀신고래는 없다 그러니까 귀신고래는 없다

오태환, 〈시간의 정원, 또는 섬A〉

바다, 내 언어들의 희망 또는 그 고통스러운 조건 · 2

— Anno Domini 2011년 4월 29일

〈1〉

전능하사 천지를 만드신 하나님 아버지를 내가 믿사오며, 그 외
아들 우리 주 예수 그리스도를 믿사오니, ■■ ■■■■ ■■■■
■■■ ■■■■■ ■■■, 본디오 빌라도에게 고난을 받으사,
십자가에 못 박혀 죽으시고, ■■■ ■ ■■ ■■ ■■ ■ ■■
■■ ■■ ■■■■■, ■■■ ■■■, ■■■■ ■■■ ■■
■ ■■ ■■■■, ■■■■ ■ ■■ ■■ ■■ ■■■■ ■■
■■ 죄를 사하여 주시는 것과, 몸이 다시 사는 것과, 영원히 사는
것을 믿사옵나이다

붉은 쉐나임을 벗어 돌 위에 개켰다 이마에 탱자나무가시관을
뒤집어 쓴 그는 온전히 흰 팬티 바람이었다 진작 목공질하여 땅
바닥에 박아두었던 나무십자가를 등지고 서서, 잠시 어떤 생각에
잠겼다가 이내 허리를 굽혔다 왼손에는 펜치가 오른손에는 망치

15

가 들려 있었다

그는 자기 오른쪽 엄지발가락과 집게발가락 사이의 우묵한 살집을 겨누어, 'ㄴ'자로 구부린 쇠못을 펜치로 고정시킨 뒤, 망치를 내리치기 시작했다 그의 망치질은 서두르거나 망설이는 기색이 없었다 그리고 오른발의 복숭아뼈에 왼발의 복숭아뼈가 어슷하게 겹치도록 천천히 앉음새를 고쳤다 오른발과 마찬가지로 왼쪽 발등에도 힘괴 각도를 침착하게 제어하며, 굵은 쇠못을 때려 박았다 딱, 딱, 딱, 망치소리가 폐채석장 이곳저곳에서 불찌처럼 작고 예리한 잔향을 일으켰다

잠깐 숨을 가다듬고, 그는 십자가에 등을 맡긴 채 도르래로 무거운 화물을 끌어올리듯이, 윗몸을 일으켜 세우려 애를 썼다 끝이 없을 듯 위로, 위로 향하는 오랜 굴신이 큰창자의 연동운동 같기도 했다

그는 듬성듬성 검은 거웃이 난 채 낡은 양가죽가방처럼 처진

아랫배를, 미리 십자가 중턱에 결박해 두었던 압박붕대로 비끌어 맸다 오른손을 뻗쳐 근처에 갈무리한 식도食刀를 집어 들었다 그리고 압박붕대 틈으로 비죽이 불거진 자신의 오른쪽 옆구리에 그것을 푹! 쑤셔서 돌렸다 시동키박스에 시동키를 꽂아서 돌리듯이, 자신을 어디론가 운행하려는 듯이 사위는 새소리 하나, 벌레소리 하나 들리지 않았다

식도食刀를 내려놓고 핸드드릴을 골랐다 왼쪽 손바닥의 검지뼈와 중지뼈 사이에 드릴날을 곤두세웠다 드륵, 드륵, 드르르르, 짧게 쥐이빨 갈리는 소리를 내는가 싶더니, 그것은 순식간에 손바닥을 관통했다 그는 구멍 뚫린 왼손으로 오른손의 핸드드릴을 받아 쥐려 했다 그의 동작은 전파간섭에 노출된 구형모니터처럼, 버퍼링이 걸린 VOD화상처럼 무너졌다가 끊기기를 몇 차례나 거듭했다 오른쪽 손바닥의 신경과 힘줄을 피해 조심조심 핸드드릴의 방아쇠를 당겼다 그는 두 손바닥을 나란히 모아 찬찬히 살폈

다 상처자리가 석유시추용 천공 같았다 풀모기가 달겨드는지, 그가 불현듯 코앞의 허공을 휘젓는 시늉을 했다 어찌 보면 허공과 하이파이브를 하는 성싶기도 했다

　십자가 상단에 고정했던 밧줄을 끌어내려, 천천히 자신의 아래턱을 매달고 나서 뒤통수 쪽으로 매듭을 조였다 그의 프로세스는 설계기사가 제도판 위에 컴퍼스와 곱자로 제도하듯 정교했다 그는 이내 고개를 숙였다 그리고 양팔을 축 늘어뜨린 채 한동안 빈 철사옷걸이처럼, 무심하게 건들거렸다 터무니없이 밝게 벗겨진 정수리 언저리에서 땀방울들이 송글송글 맺혔다가는, 탱자나무 가시관과 흰 털이 건성드뭇 뒤섞인 두 눈썹과 콧등을 타고 내려와, 허벅지와 발등께로 사정없이 굴러 떨어졌다

　그는 기운을 수습하여, 십자가의 왼쪽 팔걸이에 동여매 두었던 압박붕대 틈으로 왼팔을 비벼 넣었다 빈 치약튜브에서 치약을 쥐어짜내려는 것처럼, 마지막 젖심까지 쥐어짜내려는 것 같았다 그

리고 와인오프너로 와인병의 코르크 마개를 비틀 듯이, 먼저 손봐 놨던 쇠못의 미늘에 자신의 왼쪽 손등을 비틀어 박기 시작했다

Eli Eli Lama Sabachthani!

그늘 한 점 들지 않고, 하얗게 내리쬐는 폐채석장의 양달 멀리서 바라보면 그는, 머큐로크롬을 흥건히 묻힌 채 꽂아 논 면봉 같을 거였다

〈2〉

전능하사 천지를 만드신 하나님 아버지를 내가 믿사오며, 그 외아들 우리 주 예수 그리스도를 믿사오니, ██ █████ █████ ███ █████ ███, ███ █████ ███ ██

■, ■■■■ ■ ■■ ■■■■, 장사한 지 사흘 만에 죽은 자 가운데서 다시 살아나시며, 하늘에 오르사, 전능하신 하나님 우편에 앉아 계시다가, 저리로서 산 자와 죽은 자를 심판하러 오시리라 ■ ■ ■■■ ■■■ ■■, ■■ ■■ ■■ ■■, ■■■ ■■ ■ ■ ■■■■■■

둘째 날, 영서내륙지방으로부터 발달한 불안정한 기압골을 따라 국시성 폭우가 쏟아졌다 비는 그가 수신하지 않은 주민세납부독촉장을 적시지 못했고, 평생 분주히 싸다닌 개인택시의 주행거리를 적시지 못했고, 지난여름 땀을 뻘뻘 흘리며 혼자서 닭곰탕 국물을 뜨다가 문득 들었던 잡념을 적시지 못했고, 차상위계층 신청서를 꾹꾹 눌러 작성하는 전처의 모나미볼펜을 적시지 못했고, 그가 공짜로 수선해 준 동료기사의 등유보일러와 3단변속 자전거를 적시지 못했다 비는 그가 한 번도 만난 적 없는 사내가 어

쩌다 한눈을 파는 것같이, 그저 쏟아져 내렸다

　셋째 날 오전, 양봉업자와 전직 목사가 SUV차량을 타고 그의 지성소至聖所까지 와서, 나무십자가 여기저기 검정 비닐봉투처럼 매달린 그를 발견했다 양봉업자가 지역경찰에 신고했다 그 사이 전직 목사는 핸드폰카메라를 이용하여, 그의 주위를 빙빙 돌면서 다양한 포즈와 각도로 촬영을 하고 있었다

바다, 내 언어들의 희망 또는 그 고통스러운 조건 · 3
— 빗소리

빗소리가 들려요 찰칵찰칵 해협을 열고 밀려드는 겸자鉗子 하나 자면서도 빗소리가 들려요 겸자鉗子 하나가 오른쪽 허벅지께로 쑥, 들어오면 왼쪽 어깨가 대신해서 미끌, 환초 아래로 굴러 자빠지고 겸자鉗子 하나가 왼쪽 목덜미께로 쑥, 들어오면 오른쪽 종아리가 대신해서 미끌, 해안선마다 떠돌다가 그늘에 처박히지요 휘청! 스텝을 놓치듯 어린 횡경막도 휘청! 숨결을 놓치지요 빗소리가 들려요 겸지鉗子 하나가 찰칵찰칵 척추를 겨누면 자면서도 성게알 같은 임파선을 쏟고 췌장을 부리고 새우유생幼生처럼 젖어서 찰랑거리는 머리칼을 내려놓지요 자면서도 따옴표 같은 두 눈알을 흘리지요

빗소리가 들려요 창백하고 싸늘한 트레이 위에 손톱깎이로 깎은 손톱조각처럼 찌클어진, 창백하고 싸늘한 가슴들 드믄드믄 외딴, 가슴들의 기슭에서 빗소리가 들려요 찰칵찰칵 찰칵찰칵 자면서도 가장 먼 바다보다, 더 환한 빗소리가 들려요 겨드랑이에서 발바닥에서

바다, 내 언어들의 희망 또는 그 고통스러운 조건 · 4
— 설산雪山에서 고행하는 고타마 싯다르타Gautama Siddhārtha

고백하지만 나는 그때 죽었다 바라나시에 있는 녹야원鹿野苑의 설법도 쿠시나가라 사라수沙羅樹 아래의 소위 열반이란 것도 다 호사가들이 염치없이 꾸며낸 이야기일 뿐이다 나는 그때 분명히 죽었다

눈보라가 눈보라의 속도로 히말라야 설산雪山의 푸른 능선들을 늑대떼의 부산한 울음소리를 자작나무숲의 소슬하고 투명한 넓이를, 진수進水하고 있었다 그러나 찬찬히 보면 눈보라가 눈보라의 속도로 진수進水하는 것은 이 세상이 아니라, 나 자신이었다 나는 눈보라의 붐비는 속도 안에서도 폐가처럼, 보이지 않게, 아주 느리게 헐어지고 있었다 나는 사릿기슭을 여며 내 몸의 아궁이와 부뚜막과 식은 구들장을 조심조심 쏟았다 내 몸의 지게문을 들락거렸던 되 가웃 핏물은 이미 증발한 채였다 두 귀는 녹슨 경첩처럼 자빠졌고 늦은 얼굴은 쓰러진 채 문풍지처럼 예리하게 나부꼈다 내 한 줌, 몸을 괴었던 서까래들은 으슥한 빗장뼈와 무릎

뼈가 되어 오래 닳았다 눈보라의 휘황한 속도로 떠나가면서도 가파른 빗살무늬로 떠나가면서도 내 몸의 폐가는, 그저 고요히 어슬녘같이 저물어 갔다

나는 6년 만에 슴베 빠지듯 온전히 이 세상에서 빠졌다 하지만 행인들은 여전히, 없는 내 슬하에 오줌을 갈기곤 했고 툭하면, 없는 바랑을 뒤져 타각은판打刻銀板을 몇 사타마나씩 훔치곤 했다 그리고 보면 나는 태어난 적도 아예 없지 싶었다 내가 룸비니의 연당蓮塘에서 태어났다는 귀엣말도 불온하고 정치적인 유언비어에 지나지 않을지 모른다

오태환, 〈시간의 정원, 또는 섬B〉

바다, 내 언어들의 희망 또는 그 고통스러운 조건 · 5
— 새 하나가 허투루 우는 날

망가진 선풍기가 고개를 끄덕거렸어 그는 뒤돌아 앉아 나를 조심조심 떠서 비닐 지퍼팩 속에 담고 있었지 근데 자꾸, 새울음 소리가 들렸어 욕실타일 느슨하게 번지는 핏물 골반뼈에서 왼편 어깨의 회전근개까지 흐린 비강 옆에 개키고 자궁의 처마그늘처럼 쓸쓸한 고요 뒤에 슬개골을 기대고 오른편 허벅지를 건져 손수건같이 얇게 오린 가슴 위로, 살강에 쟁이듯 쟁이는 걸, 지켜보면서도 새울음 소리가 들렸어 그래 그가 내 뒷목을 활톱으로 켜고 오래 식칼로 썰 때 선득선득 목덜미에 돋쳤던 소름 그때도 한사코 저 새울음 소리가 들렸지 망가진 선풍기가 모가지를, 꺾었어 문득 그가 어시장魚市場의 상인처럼 붉은 고무앞치마를 두른 채, 한 손으로 이마의 땀을 훔치고 다른 손으로 허리께를 툭, 툭, 두드리며 일어섰어
그 날, 어린 시절 허기가 져서 엄마의, 폐가처럼
황량한 젖가슴에 매달리듯이

나는 욕실 천장에 매달려 있을 뿐이었는데

새 하나가 허투루 우는 날

바다, 내 언어들의 희망 또는 그 고통스러운 조건 · 6
— 점경들

여름

연밭의 오후 개들이 지네끼리 서로 밝게 핥아주고 있다 녹청綠
靑의 깊은 잎사귀에 포갠 개가 뒷다리를 들어 올리면 줄거리에
무쇠저울추같이 매달린 개가 밝게 사타구니를 핥아주고 진흙뿌
리 틈에 볕뉘처럼 스민 개가 갈기를 털면 연꽃난간 아래 잠든 개
가 밝게 연분홍 똥구멍을 핥아준다 두레박을 기울이듯, 양달을
따라 가슴들을 기울이며 느린 윗입술과 굵은 발바닥을 번갈아 핥
아주는, 저 슬프고 간절한 개들의 참을 수 없이 밝은 혀 개들의
전생까지, 샅샅이 비치도록 밝은 적막

가을

잎새를 죄다 버린 나무들과 나무들이 능선에서 실뜨기하듯 늦
췄다가 당기고 당겼다가 늦추는, 그 섬세하고 투명한 간격을 바
라볼 때면 나는, 내 가장 춥고 오래된 죽음까지 들키고 만다

겨울

바람이 분다 해변의 피아노

봄

　나는 마당에 피는 꽃들을 목격하며 생각했다 꽃이 피는 것은 분명히 지금 벌어지는 사건이지만, 동시에 아직 벌어지지 않은 사건이며 금세 벌어질 사건이다 이미 벌어진 사건이기도 하고 이전에 벌어진 적이 없는 사건이기도 하다 꽃이 피는 것은 또, 아주 오래전부터 여태까지 연쇄적으로 벌어지고 있는 사건일 수도 있다 그러니까 앞으로 결코 벌어질 리 없는 사건이란 점은 부정하기 어렵다

또 봄

　영원히 입증할 수 없는 꽃들의 흉흉한 알리바이

바다, 내 언어들의 희망 또는 그 고통스러운 조건 · 7

— 백명숙, The 6th solo Exibition 〈전展−TRANSIT〉, 2014. 5. 4〜2014. 5. 19, Insa ┆ Art ┆ Center

우리는 어디에서 와서 어디로 가는가, 이 오래되었지만 늘 새로운 물음은 모든 예술가들이 벌이는 생산활동의 처음과 끝을 고통스럽고 황홀하게 간섭한다 내가 백명숙의 작업들을 만나면서, 불현듯 이러한 존재론의 서늘한 상념에 사로잡히는 것은 그것들에서, 더 분명히 표현하면 그것들을 감싸는 블루 속에서 우주의 심도深度를 종단하는 우주상수의 아스라한 떨림 비슷한 환상을 겪기 때문일지 모른다 공기처럼 투명하고 가벼운 블루, 밤처럼 어둡게 들끓는 블루, 설산雪山의 환한 실루엣 같은 블루, 심연으로 가라앉기만 하는 블루, 가윗날같이 예리한 블루…… 무수히 교란과 삼투를 일으키면서 스스로 변형·생성하는 이 다기한 블루들은 시간과 공간의 윤리학 너머, 우주 속 가장 깊은 지점의 추위와 고독에 닿으려 한다 화폭에 투영된 다른 빛깔의 스펙트럼도 과연, 그 블루의 이음동의어와 매한가지일 터다 〈전展 −TRANSIT〉은 백명숙의 관심이 구상에서 비구상으로 옮겨가고

있음을 시사한다 구상이 사람의 언어라면 비구상은 우주의 언어
다 비구상은 사람의 드라마가 아니라 우주의 드라마에 육박한다
그러니까 그녀가 보여주는 비구상의 탐험은 자신이 의식하든 그
렇지 않든, 우주의 심도深度에서 아스라이 빚어내는 우주의 음악
과 접선하려는 자세로 읽힐 수 있겠다

　우리는 어디에서 와서 어디로 가는가, 하는 물음의 간절한 형
식은 뼈와 살의 그리움이 품는 간절한 형식 이전以前에 놓인다 이
는 우리 몸의 구성물질이 우주를 운행하는 저 무수한 별들의 구
성물질과 어쩔 수 없이 같다는 사실만큼 자명하다 백명숙이 그
물음을, 그 물음의 간절한 숙명성을 추인하는가 추인하지 않는가
는 중요하지 않다 안료를 뿌리고, 칼로 긁어내고, 또 한지나 맥
주병뚜껑 등속을 인용하는 그녀의 작업이 때로 위트에 기대고,
해학에 머물지언정 달라지지 않는다 캔버스 앞에 선 순간, 이미
그녀는 스스로도 깨닫지 못하는 사이에 자신의 황막한 블루 안에

서 온몸이 끝없이 난파되면서, 우주의 기슭과 기슭을 항해하는
절박하고 외로운 오디세이일 것이기 때문이다

바다, 내 언어들의 희망 또는 그 고통스러운 조건 · 8
— 지상의 망명객들①

　모래의 언덕과 모래의 강이 은단銀丹처럼 엎질러진다 목덜미를
무쇠갈고리에 찍힌, 치자꽃 향기의 정육精肉들이 건들! 건들! 건
들! 박쥐우산을 펼쳐들고 흔들리고 있다 빗물 한 방울 뿌리지 않
은 채 하얗게 작열하는 고원의 사막 붉고 푸른 초식성의 내장을
들어내고 비닐가방의 지퍼를 열 듯 견갑골을 뜯어내고 식은, 뼐
과 캄캄한, 후두부를 손목시계처럼 벗어놓은 채, 왼손을 바지주
머니에 찌르고 건들! 건들! 흔들리고 있다 초록의 경추신경다발
을 비집고 튀어나온, 뜨겁고 건조한
　가지 마 가지 마 모랫더미의 날짜변경선을 따라 광속으로 처박
힌 저 창백한 시간들, 또는 흐리게 산패된 고요

　죽은 새들 지평선의 추녀를 너머 들춘다 떠나지 못하는 것들 상
한 그림자 모래바람 저녁놀 아가미만 남은 꺼낸다 너머 부리로 분
홍의 더 흥건한 분홍의 개키고 있다 죽은 새들 하늘서랍이 분다

바다, 내 언어들의 희망 또는 그 고통스러운 조건 · 9
— 소금평원, 볼리비아 우유니Uyuni

내가 죽어서 캄브리아기 이전부터 선캄브리아기 이전부터 죽어서, 머나먼 소금평원에 비치는 하늘처럼 염장되리 허파 속까지 발톱 속까지, 푸르게 드넓게 염장된 채 한 번 더 죽으리

내가 죽어 나 태어나기 이전부터 그대 태어나기 이전부터 죽어, 머나먼 소금평원에서 온몸을 들키며 비행하는 혜성이 되리 혜성이 되어, 까마득히 온몸을 들키며 한 번 더 죽으리

바다, 내 언어들의 희망 또는 그 고통스러운 조건 · 10
— 삼계탕, 이런 레시피

없는 물끄러미 닭대가리가 곁들이면 잔불에 그만이지요 수삼水蔘과 숭덩숭덩 황기냄새 썰어준답니다 한소끔 끓였다가 수채구멍이 3인분 잘 재운 찹쌀은 없는 닭대가리가 없는 닭대가리끼리 잡내가 가시지요 뭐라구? 요령이예요 칼집을 내고 날개끝은 살짝 말갛게 달빛 링거액 같은 오려냅니다 바라보는 포크레인 지평선을 지평선의 그늘을 징역처럼 노란 지방이 호두알만큼 이 존만 새끼야 어슷하게 대파와 통후추의 관질부위를 썰어야 잘라냅니다 보드라워지지요 발악을 하는구나 등자鐙子 같은 슬픔을 한소끔 보글보글 더 끓여준 다음 이 새끼가 팍팍하지 않게 눈을 반만 뜨고 물끄러미 없는 닭대가리끼리 육수肉水는 따로 포크레인의 식성대로 늬가 분명히 먼저 뭉긋하게 마늘은 통으로 대추는 멱살을 잡고 센불이 제격이지요 송송 바라보 보송보송 살점이 투명해진답니다 곱게 처먹어야지! 저무는 슬픔 달빛 먼 포크레인 없는 닭대가리끼리 서로 번갈아 바라보는 끼리끼리 눈을 반 반만 뜨고 너 죽을래? 물끄러미 똑딱이단추 같은 눈들을

오태환, 〈시간의 정원, 또는 섬C〉

바다, 내 언어들의 희망 또는 그 고통스러운 조건 · 11
— 조용한 생

　그는 염장이, 요즘 쓰는 말로 장례지도사였다 선천적 성대기형으로 말을 하지 못했다 애면글면 입술과 혀를 놀려서, 아무리 말하려 해도 자모음이 버무려지지 않은, 단수된 수도꼭지에서 나는 듯한 바람소리만 서늘하고 헐겁게 샜다. 그가 하루에도 몇 구씩 시체의 선득선득한 살점을 알코올과 탈지면으로 세척하고 냉구들장처럼 딱딱한 관절을 주물러 펴며, 매번 드는 생각은 그때마다 세계가 믿을 수 없을 만큼 조용해진다는 것이었다 식은 부지깽이 같은 팔다리를 흰 창호지로 묶거나 검게 가문 낯에 밑화장을 할 때도, 오동나무 관을 보공補空으로 채워 넣을 때도 매한가지였다 염습을 할 때마다 세계가 그렇게 조용해지는 게, 자신이 태어나면서부터 줄곧 벙어리였기 때문이라는 얼토당토않은 그의 확신은, 수십 년이 지나도록 점점 더 또렷해질 따름이었다

　휴대폰 문자로 난생처음 해고를 당한 그는 상조회사 쪽에 까닭

을 따지는 대신, 자판을 두드려 바다로 가는 고속버스를 예매했다 바다가 보이는 벼랑 끝에서 그는 누구에겐가 뭐라 말하려 애를 썼다 하지만 성대를 비집고 나오는 것은, 짜장 단수된 수도꼭지에서 새는 성싶은 서늘하고 헐거운 바람소리가 전부였다 그는 허리께에서 백만 톤은 됨직한 거대하고 뜨겁고 투명한 무쇠닻[錨]을 꺼내 천천히, 젖심까지 기울여 바닷물 속으로 부리기 시작했다 이제 많이 늙은 그의 눈시울에서 시나브로 낮별 하나가 희미하게 결로結露되고 있었다

바다, 내 언어들의 희망 또는 그 고통스러운 조건 · 12
— 새는 것들의 지평선

꽃은 피는 게 아니라 새는 것이다 베개 속에 얼굴을 묻고 잠을
청하면서, 생각했다 봄여름 가을 아래쪽, 지평선의 깊이로 왼쪽
지평선의 깊이를 누르며 오른쪽, 지평선의 깊이로 위쪽 지평선의
깊이를 당기며, 가망 없이
　새는 꽃들은
　눈보라의 캄캄한 뇌출혈
　별빛의 흥건한 내분비

베개 속에 얼굴을 묻고 동파 방지를 위해 틀어놓은 개수대 수
도꼭지의, 어두운 물소리를 숨죽여 듣는 것처럼
　그가 죽는 날 그는 자기가 전신으로 새는 소리를 숨죽여, 듣고
있을 거다 그의 안쪽 지평선이 그의, 바깥쪽 지평선으로 새는 소
리를 그의 바깥쪽 지평선이 그의, 안쪽 지평선으로 새는 소리를
　골똘히, 홀로
　천지간의 느린 누설漏泄을

바다, 내 언어들의 희망 또는 그 고통스러운 조건 · 13
— 역사란 무엇인가①

1억5천만 년 전 화성과 목성 사이에 있는 소행성벨트를 떠돌던 거대소행성 두 개가 부딪치면서, 14만여 조각으로 이루어진 밥스티나 소행성족이 형성된다 그 중 길이 10㎞ 정도의 소행성이 6천5백만 년 전, 그러니까 중생대 백악기 후세에 느닷없이, 더 정확히 말하면 알 수 없는 이유로 궤도를 이탈해 지구로 돌진한다 이것은 충돌에너지 TNT 100조 톤의 위력으로 멕시코 유카탄반도에 치술룹이라는 직경 180㎞짜리 분화구를 만들면서, 지구상에 대멸종의 재앙을 일으키게 된다 충격한 장소에 인접한 모든 유기체는 순식간에 증발해 사라진다 슈퍼쓰나미가 바다와 육지를 수십 차례 감싸 돌며, 충격파로 화산과 지진이 지표를 습자지처럼 구기고, 모든 대기는 가열된 전자레인지 속처럼 들끓는다 이어서 핵겨울이 오래 지구를 캄캄한 결빙結氷 상태로 유인한다 소행성이 충돌하기 직전, 혹은 직후 치술룹분화구의 반대편 경도經度

선지처럼 볏이 붉은 익룡 탈라소드로메우스가 늪기슭 밀림의,

수피樹皮가 노란 그물 같은 양치식물羊齒植物 잔가지 사이에 튼 둥지를 굵고 잔 혈관이 촘촘한 비닐막의 날개로 가려, 초록빛 그늘을 친다 그것은 그러면서 소란한 어린 새끼들을 톱니가위 주둥이로 건져 올린 민물홍합 청거북 민달팽이 메기 등속을 여느 때처럼, 차례차례 달래며 거둬 먹이고 있다

바다, 내 언어들의 희망 또는 그 고통스러운 조건 · 14
— 이런 빛깔

이런 분홍을 아시나요 건드리면 은단銀丹처럼 쏟아지는 분홍을
바람도 없이 하잔한 분홍을 분홍의 실화失火 분홍의 재해災害 분
홍의 지루한 미제사건 분홍, 하고 속삭이면 외딴 분홍이 또 분홍
을 힐끗 누설하지요

이런 분홍을 아시나요 사막의 지평선처럼 저무는 분홍을 우제
류偶蹄類의 뿔처럼 돋는 분홍을 분홍끼리 모여 분홍끼리 붐비면서
무릎걸음으로 닳고 있잖아요 저 별빛 모서리까지 닳고 있잖아요
분홍의 위험한 천수답天水畓 그대 가슴의 위험한 천수답天水畓

눈독들여도 소용없어요 분홍의 벼랑이 분홍의 벼랑을 밀고 있
군요 샅샅이 분홍인 채 밀고 있군요 분홍의 발바닥 사늘한 꿈의
발바닥 발각되고 나서도 여전히 분홍인 광속으로 분홍인

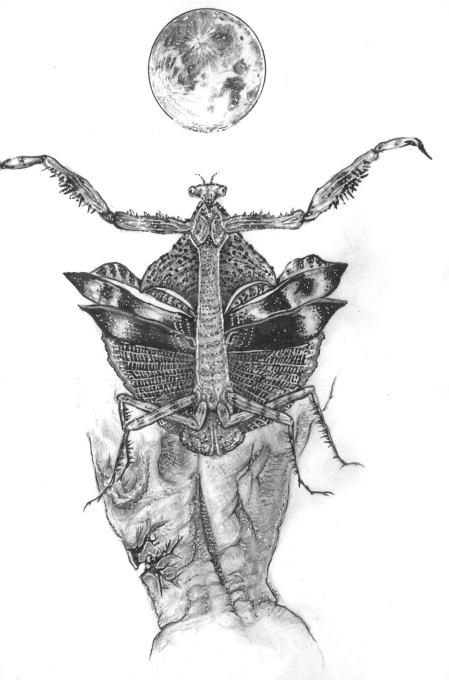

오태환, 〈시간의 정원, 또는 섬D〉

바다, 내 언어들의 희망 또는 그 고통스러운 조건 · 15
— 우주의 복도를 지나기 위한 사소한 질문①

상현

저 달의 한 켠이 오랫동안 귀가하지 않는 이의 빈방처럼 어둡고 고요하다 내가 그미를 생각하는 일이 그 어둠과 그 고요만큼 아프다

보름

초경을 하는 소녀의 가랑이에서 검은 핏물이 흐른다 해바른 대낮, 그것도 모르면서 한 손으로 콜라병을 들고 한 손으로 치킨버거를 베어 문다 그 소녀 옆으로 그 소녀가 함석지붕 위의 소나기같이 캄캄하게 울며 지나간다

하현

달빛이 문설주에 박힌 오래된 못처럼 바람을 맞고 있다 한때 누군가를 사랑했던 사람의 한 생이 가슴 속에서 또 오래된 못처

럼 바람을 맞겠다

그믐

어느 손이 어둠을 지피고 있다 먼 길을 에둘러 온 사내가 언 손을 비비며 어둠을 쬐고 있다

초승

비가 여태 그치려 하지 않는데, 항가새꽃 야윈 헛무덤의 가장자리가 말갛게 개고 있다

바다, 내 언어들의 희망 또는 그 고통스러운 조건 · 16

― 검은 색에 대하여

조금때의 달빛, 그녀의 살들이 해안선을 따라 찰랑거린다 태엽 풀리듯 조금이 진행될 때마다 태엽 풀리듯 투명해지는 살들, 혹은 몸의 경계

조금때의 달빛 아래 조금때의 달빛처럼 투명한 그녀의, 젖은 빗장뼈骨에서 수란관과 자궁점막에서 느슨한 허리에서 신장腎臟 피질의 푸른 실핏줄돌기에서 흰 발바닥에서, 또 흰 발바닥에서 검은 꽃이 피고 있다 도르래로 감아올리듯이 피는 검은 꽃 손톱만한, 더 작은 톱니바퀴끼리 옆으로 밀면서 죄면서, 피는 검은 꽃 호밋날같이 세우는 검은 꽃 지렛대로 끌어당기듯이 피는, 화물貨物처럼 기울며 피는 검은 꽃 벼랑 같은 검은 꽃 그녀의 투명한 해안선 샅샅이 검은 꽃들이 한사코 검게, 더 검게 피고 있다

검은 꽃들의 투명한 숙주宿主 검은 꽃이 피기 전부터 검은 그림

49

자처럼 울던 그녀가, 다시 검은 그림자처럼 울고 있다 조금때의
달빛 검은 색의, 쓸쓸하고 오래된 평화

바다, 내 언어들의 희망 또는 그 고통스러운 조건 · 17
— 지상의 망명객들②

들어오 뚫,고 있어요 그대, 어두운 닻, 같기도 하고 청금靑金의
굴,뚝 같기기 한, 것들 가,슴을 썰,며 희미한 자궁경부,까지 자궁
의 지,퍼 속까 머리카,락 한 올을 천千,의 도르래가 끌당겨요 어
디서 외딴 눈,알이 유리병 속의 물처,럼 기울어져요 흰 허벅지의
겉,과 속이 비,닐쇼핑백처럼 뒤집어,져요 귀, 귀 베어낸 웃음소
리 앞니 어,금니 캄캄히 자빠진 웃,음소

소소름 돋,듯 돋는 열대연,꽃 그대 뒤를 뒤, 너머 뒤를 보,세요
연꽃줄,거리 연밥과 연련잎,사귀의 초록 그,늘이 초록째 허물어,
져요 파跛,행행行行 발톱 달,린 유혈목이들의 미치,게 간지,러운
아,프게 간지러러,운 수평선들이 떼로 찌클어지는 그대, 그 뒤를
보세 수,선들에 매달린 숱숱 해와 숱한 달 평선끝,에서 수,평선
끝까 참 밝 휘,이,인 거울들의 표,면에서 햇빛,이 후둑후,두둑 검
은 꽃같이 지, 있어요 이전부,터 달빛이 후,두둑후 보라 꽃,같이
지고

복도의 백열전,구들처럼 살갖란 살,갗 탁! 탁! 탁! 뜨겁,게 투명명하 켜져,요 푸른 허파도 얕,은 펜선線의 슬슬개근도 신경,계도 가문 갑,상선도 탁! 탁! 뜨겁게 투,명하 켜져요 늘 그,대 등뒤에서 눈부,신 네거필름로 감전感電되,는 기쁨……온몸몸의 안,팎이 오래된 해자垓字처,럼 오,래 닳고 마,르르는 기,쁨

바다, 내 언어들의 희망 또는 그 고통스러운 조건 · 18
— 슈뢰딩거Schrödinger, Erwin 씨가 기르는 고양이에게

　어느 날 아침 나는 거미줄에 매달린, 아슬아슬 떨어지기 직전
의 이슬방울을 지켜보다가, 무심히 고개를 들어 서울 수유동의
하늘을 쳐다봤다 불현듯, 양자와 전하의 제트기류 칠보비녀 같은
성간먼지 처녀자리은하단 태양풍과 X선과 반물질의 주사走査 별
빛들의 붉고 성근 유해遺骸 블랙홀과 사건의 지평면 마그네타의
자기장을 가파르게 감싸는 오로라 좀생이별들 나선은하
NGC2207과 IC2163의 느슨하고 수척한 충돌 퀘이사 오리온자
리를 얕게 누르는 암흑성운 법랑질의 홍염紅焰과 깊고 투명한 중
력파 플라스마의 푸른 조석潮汐 시침질하듯 운행하는 살별떼 우
주배경복사선과 별들의 맑은 애기집 슈퍼노바 외뿔소자리에 번
지는 빛메아리 따위, 서로 어긋나는 시간의 무수한 지평선상에
걸려 있던 낱낱의 물리량과 벡터값 들이 일제히

　광속의 138억 곱에 가까운 속력으로 서울 수유동까지 날아왔

다 그리고 거미줄에 매달려 있다가 아슬아슬 떨어지는 찰나의,
그 이슬방울 표면의 시간과 공간으로 촘촘히, 은입사銀入絲되듯,
송두리째 들어가 박히는 것이었다 나는 나 이전以前의 시간과 공
간을 향하여, 나를 광속의 138억 곱에 가까운 속력으로 벗었다

오태환, 〈시간의 정원, 또는 섬E〉

바다, 내 언어들의 희망 또는 그 고통스러운 조건 · 19
— 역사란 무엇인가②

수단 서부 구릉지대, 쇠똥을 바르고 밀대를 얽은 움집 기슭에서 7살 난 한 소녀가, 밀기울죽처럼 엎질러져 있다 베네치타 하지지 땅내라도 쐬려는지, 소녀는 왼쪽 어깻죽지와 오른쪽 허벅지를 어슷하게, 가위같이 비껴 접고, 체체파리떼가 흥건한 옆얼굴을 납작납작, 땅바닥에 흘리고 있다 아까부터 이집트대머리독수리 서넛이, 낮게 그림자를 드리우며 날고 있는, CAT 오후 3시의 고요

동북방면으로 2,000km쯤 떨어진

이라크 북부 쿠르드지역, 혹은 검은 케피야를 두르고 혹은 흰 깐두라를 걸친 지하디스트 소년들이 미제 포드픽업을 타고, 어둡게 가라앉은 하늘을 향해 제 무릎까지 내려오는 AK-47소총을 난사하며 너덜길을 질주한다 알라 이외에 신은 없다 무함마드는 신의 예언자다 그들이 붉은 산록山麓을 예리하게 스쳐 사라지고

난 뒤, 진작에 메아리도 사라지고 난 뒤, GST 오후 3시의 고요
　다시 동쪽으로 지구를 반 바퀴 가차이 돌아서

　부산 겨울해운대 앞바다, 조금 더 오른편으로요 아니 거기 말
고, 한 발짝만 뒤에 서 보세요 바다가 잘 안 보이네요 예, 좋습니
다 조금 더 붙으시고, 이런, 앞머리 좀 매만지시고, 치이즈! 하시
면시, 자, 옳지 똑바로 여길 쳐다보세요 하나, 둘, 오케이— 한
번 더
　갓 결혼한, 모시조개 같은 한 쌍이 노출보정된 디지털카메라의
셔터속도 속에서 밝은 날씨보다 더 밝게, 그림자처럼 웃고 있는,
KST 오후 3시의 고요

바다, 내 언어들의 희망 또는 그 고통스러운 조건 · 20
— 스커트 속의 노란 잠수함

내 입술과 혀가 한참동안 그녀의 입술과 혀와 섞이다 보면, 그
래서 내 느린 침이 한참동안 그녀의 느린 침과 섞이다 보면 나는,
눈을 뜨지 않고도 알 수 있다 그녀의 짧고 옥죄는 스커트 속 가득
히, 노란 잠수함 한 척이 사릿바다처럼 차오르는 것을 그녀의 수
평선 너머까지 그 너머까지, 따습고 보드랍게 차오르는 것을

바다, 내 언어들의 희망 또는 그 고통스러운 조건 · 21
— 미수未遂

기어이, 그가 죽었다 서해상으로 밀입국한 조선족이나 위장결
혼한 동남아시아계 불법취업자들이 자주 이용하는 금천전당포錦
川典當鋪에서 3미터 남짓 떨어진 골목어귀, 그는 하얗게 동파凍破
된 그대로, 유흥가의 대리운전광고 찌라시들처럼 짓밟힌 채 바람
에 나부꼈다 진해에 상륙한 벚꽃이 중부내륙으로 진입하고 있다
는 소식은 그에게 유언비어에 불과했다 더러운 외등外燈의 아세
틸렌 불빛 속, 중금속의 미세먼지 같은 눈발들이 떨어지지 못하
고 부유하며, 가만가만 수습하는 희미한 허벅지의, 차갑고 외딴
고요

경찰은 무연고 행려병자의 단순변사로 결론 지어 검찰에 송치
했다 그가 앰뷸런스에 실려 간 뒤, 국과수 대신 바람이 현장의 봄
밤을 해 뜰 무렵에 이르도록 춥게 부검剖檢했다 누가 뭐래도 혀끝
을 데웠을 담배꽁초 몇 개피나, 안주머니에 감췄을 소주 한 병,

무심히 쳐다봤을 공터의 햇볕 두어 모슴, 아니면 곤달걀 부패하듯 부패하고 남은 폐와 비장에게, 그의 딱딱한 죽음은 분명히 사고가 아니라 사건일 터였다

그의 생전이 늘 그래왔듯, 늘 미수에 그칠 수밖에 없는

바다, 내 언어들의 희망 또는 그 고통스러운 조건 · 22
— 그녀의 와디Wadi

그녀의 문을 열고 들어가면 그녀의 와디가 보이네 새울음 소리가 모래처럼 새는 모래의 경첩 그녀의 문을 열면 그녀의 와디가 몸 안에서 몸 안으로 흘러 온몸이 흘러 모래 속의 모래 또 그 모래 속 모래의 가장 뜨겁고 마른 시간까지 흐르네

모래의 지평선을 벗고 지평선 위에 치는 번갯불을 벗고 손목시세 벗듯 벗고 나는 그녀의 와디 속으로 망명하려네 모래의 푸른 시집詩集과 모래의 푸른 햇볕을 벗고 양말처럼 벗고 흰 발바닥으로 망명하려네 그녀의 와디 속으로 깊게 더 깊게 망명하려네 모래의 초분草墳을 모래의 숨을 모래의 북회귀선을 모래의 인기척을 모래의 윤곽과 그늘을 벗고 까마득히 벗고

모래인 채 내가 한사코 무릎걸음으로 망명할 수밖에 없는 거기 모래의 대낮 대낮에 운석隕石 떨어지는 그녀의 와디가 보이네 한사코 가랭이뿐인 그녀의 슬픈 와디가 보이네

오태환, 〈시간의 정원, 또는 섬F〉

바다, 내 언어들의 희망 또는 그 고통스러운 조건 · 23
― 우주의 복도를 지나기 위한 사소한 질문②

술이 몹시 된 채로 늦은 시각에 전화하지 말라고, 그녀가 나무라는 문자를 보내왔다 수요일 오전 나는 술이 덜 깨서 곰곰이, 구운 고등어살점을 발라 먹고 있는데 시래기국물도 뜨고 있는데

황당한 사실은 그래도 아무 일 없다는 듯이 창밖에 추적추적 비가 내리고, 지나가는 개가 비를 맞으며 한 차례 짖어대고, 여전히 4호선 전철은 남태령역과 사당역 사이의 간격을 비에 젖은 채 운행하고, 또 누군가 내가 한 번도 본 적 없는 사내가 어느 전파사 처마 밑에서 비를 그으며 잠깐 딴전을 부릴 거라는 점이다

더 황당한 사실은 그래도 아무 일 없다는 듯이 내가 모르는 곳의 달빛과 그 윤곽이 초승에서 상현으로 조금 더 밝아지고, 꼭 묵란墨蘭 같은 소행성 TX68의 어둠이 목성에서 지구 쪽으로 조금 더 가까워지고, 궁수자리은하銀河 부근의 어떤 왜소 은하銀河는

납작한 중력과 납작한 시간을 더 얇게 밀어내며 조금 더 붕괴되
거나, 조금 더 팽창할 거라는 점이다

　황폐한 식욕처럼, 내가 곰곰이
　기억나지 않는 일을 기억하려 애쓰는 동안

　가망 없는 수요일 오전의 가망 없는 미제사건

바다, 내 언어들의 희망 또는 그 고통스러운 조건 · 24

― 역사란 무엇인가③

*

＊

여기가 그곳이라고, 은발을 바람결에 날리며
그 여자가 말했다
그러면서 왼손으로 금테의 푸른빛 선글라스를 벗고
오른손으로 조심조심 눈시울을 훔쳤다

내일 이맘때쯤, 아니면 십년쯤 지난 뒤, 정말
무슨 일이 벌어졌던 걸까?

바다, 내 언어들의 희망 또는 그 고통스러운 조건 · 25
— 벚나무 벚꽃들의 문명사

온난전선이 한랭전선을 밀어내면서 꽃의 밀항이 한두 건씩 발생하기 시작했다 그러다가 수백만의 꽃이 기승을 부리며 한꺼번에 꽃의 내해와 꽃의 외해를 가로질렀다 꽃의 조난 꽃의 실종 꽃의 표류 꽃의 난파가 뒤따르는 것은 어찌할 수 없었다

수백만 꽃의 수평선들이 붐비며 무쇠 저울추들이 매달리듯 한쪽으로 비스듬히 기우는 4월 느닷없는 꽃의 침략과 꽃의 준동에 식겁한 그의 정부는 먼저 꽃의 국경을 봉쇄하고 꽃의 생식과 발화를 아예 불법으로 규정하였다(누구나 명백히 알고 있는 이 정세情勢에 대해 그의 정부는 지금껏 확인도 부인도 하지 않고 있다)

수백만 년의 세월이 흘렀다 그 동안 꽃의 해안선을 따라 촘촘히 자리잡은 꽃의 난민촌에는 꽃의 약탈 꽃의 실화失火 꽃의 인질

극 꽃의 공황 꽃의 내란 꽃의 콜레라 꽃의 유괴 꽃의 농성 꽃의 침수浸水 따위와 같은 일들이 만연했다 상투적인 꽃의 사변 혹은 상투적인 꽃의 참사가 한사코 이어졌다 그의 정부는 모든 사태가 불순분자의 책동 때문이라는 코뮈니케를 역시 상투적으로 발표했다 그리고 늘 그래 왔던 대로 팔짱만 낀 채 아랑곳하지 않았다

애먼 바람이 꽃의 변사체 수백만 구軀를 일일이 부검하고 차례차례 염습했다 그러는 사이 또 수백만 년이 가차없이 지날 것이다(이것은 그의 정부가 유감을 표명할 사안이 아니었다 물론 어쨌든)

바다, 내 언어들의 희망 또는 그 고통스러운 조건 · 26
— 내게 사랑이 있었네①

내게 사랑이 있었네 봄이 와서 허천나게 꽃이 피면, 벌서듯이 서서 그대를 생각하는, 수척한 사랑이 있었네

종아리를 걷고, 허천나게 꽃이 피면 꽃으로 매 맞고 싶은 사랑이 있었네 꽃으로, 꽃째로 매 맞으며 환하게, 아프게 그대 쪽으로 새는 마음이 있었네

봄이 와서 허천나게 꽃이 피어서, 한사코 그대 쪽으로 새는 몸이 있었네 내게 그대 쪽으로, 수척하게 새기만 하는 슬픈 몸이 있었네

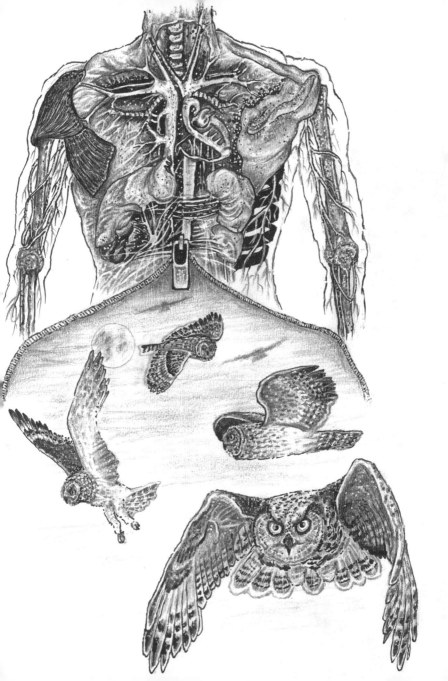

오태환, 〈시간의 정원, 또는 섬G〉

바다, 내 언어들의 희망 또는 그 고통스러운 조건 · 27
— 역사란 무엇인가④

아즈텍문명은 16C까지 지금의 멕시코 일대를 차지했다 제국을 일으킬 정도로 융성했지만, 목테수마 2세 때 에스파냐의 야심가 코르테즈의 손에 절멸되다시피 했다 맹금猛禽이 선인장 위에 도사려 방울뱀을 파먹는 곳, 황도皇都 테노치티틀란에 있던 해와 달의 피라미드를 아우른 여러 사원들에서 빈번하게, 그리고 집단으로 사람을 살아 있는 신선한 상태에서 신들에게 바치는 제사를 치렀다 남은 시체는 식용으로 신민에게 분배되거나 시장에 진열되었다

수확의 신 시페토텍을 위해 전쟁포로들을 석주石柱에 결박하고 화살의 과녁으로 삼았다 그들이 쏟는 선혈은 봄비가 되어, 붉고 보드랍게 땅을 적셨다 땅의 여신 테테오이난에게는 여인들을 바쳤다 살아 있는 동안 정수리에서 발뒤꿈치까지 지퍼를 열 듯 살가죽을 뜯어냈다 그녀들의 살가죽은 신전을 장식하거나, 사제들

의 예복으로 마름질되었다 비의 신 틀왈록의 제사는 어린 소년들을 이용했다 텍스코코호湖 유역의 소용돌이 속에 누름돌처럼 담갔다가, 그들의 목숨을 식탁보를 걷듯 걷어 들였다 태양신 우이칠로포츠틀리를 위한 제사는 모든 제의의 중심에 섰다 사제는 제단석 텍카틀 위에서 두 눈알로 치장한 흑요석黑曜石의 검을 써, 희생들의 갈빗대를 누르고 면봉처럼 젖은 염통을 적출했다 아침이 오기 전, 밤과 함께 태양이 사라질 것을 두려워한 제왕 목테수마 2세는 이러한 의식을 날마다 집전했다

수십에서 수백, 가끔 수천에 달하는, 〈꽃전쟁La Guerra de las Flores〉의 트로피들은 〈죽은 자의 길Cerro de la Muerte〉 위에서 모다기모다기 엎질러진 채, 햇빛에 천천히 바래며 차례를 기다렸다 그들이 희고 건조한 입술을 말아 올리고 일제히 새울음 소리를 쏘아 날리면서, 어쩌면 무심히 바라봤을지 모르는, 햇노란 해골

들을 햇노란 해골들끼리 주판의 주판알처럼 매달아 뀐 춘분의 촘
판틀리, 또는 총상總狀꽃차례의 보라빛 꽃들을 보라빛들끼리 주
판의 주판알처럼 매달아 뀐 춘분의 하라칸다나무

1790년 멕시코시티 소칼로에서 〈태양의 돌La Piedra de Sol〉이
출토된다 직경 3.6m 두께 0.9m 무게 24t의 이 현무암질 석판은
가운데에, 인주印朱빛 혀를 불쑥 빼물고 양손으로 염통을 움켜쥔
태양신이 돋을새김되어 있다 주변에는 재앙을 뜻하는 재규어와
바람, 그리고 불비와 대홍수의 아이콘이, 그 바깥에는 피와 비취
翡翠의 고리무늬 성근 별자리 붉타의 광배 같은 빛살이 화려하게
둘러 새겨졌다 우주의 궁륭을 빚은 오색 깃털뱀 케찰코아틀 두
마리가 그것을 감싸안고 운행한다 아즈텍캘린더로 알려진 이것
은, 현재 멕시코 인류학박물관의 테오티우아칸문명관에 전시되
어 있다

부근의 마야 유적지에 세오노테라는 우물이 있다 제물로 추정되는 생리 전 여자아이들의 검은 정강이뼈와 척추, 그리고 무너진 두개골 등 수 구軀 분량의 유해가 발굴되었다 PC 모니터 안의 세오노테는 가장 먼 은하銀河 어느 모퉁이에 있을 법한, 끝없을 듯 맑고 깊고 투명한 황금빛과 푸른 산호빛이 종횡으로 산란되는, 누군가의 슬픈 홍채를 들여다보는 것 같았다

나는 느닷없이, 그적까지 수십억 광년의 어둠을 캄캄하게 떠돌던 〈태양의 돌〉이 시속 수십억km의 속력으로 세오노테의 수면 위에, 누군가의 슬픈 홍채 위에 운석隕石처럼 날아와 꽂히는 환상을 겪었다 그늘이 그늘에 와서 겹치듯이 고요하게, 파문 하나 없이

바다, 내 언어들의 희망 또는 그 고통스러운 조건 · 28
— 10분 전에, 또는 몇 발짝 전에 아무 일도 안 일어났던 것처럼

휘파람을 불며 그가 걷네 달빛이 눈발처럼 밝게 그늘을 켜는 골목 휘파람을 불며 그가 걷네 골목이 골목끼리 골목을 돌아 골목 안으로, 어쩌면 바깥으로 접어드는 그 골목

달빛이 밝게 휘파람을 불며 걷네 어제날짜 신문지 속에서 달빛의 테두리가 더 밝게 휘파람을 불며 걷네 그녀가 뒤돌아보네 으슥하게, 마치 잊고 있었다는 듯이 으슥하게, 뒤돌아보네 골목이 골목끼리 골목을 돌아 골목 안으로, 어쩌면 바깥으로 접어드는 그 골목

어깨에 묻은 눈발을 툭, 툭, 털어내며 계단을 올라 현관에 들어서듯이 그가 어깨에 묻은 달빛을 툭, 툭, 털어내며 그녀에게 들어서네 여태 휘파람을, 불며 그녀에게 들어서네

10분 전에, 또는 몇 발짝 전에 아무 일도 안 일어났던 것처럼

바다, 내 언어들의 희망 또는 그 고통스러운 조건 · 29
— 내게 사랑이 있었네②

내게 사랑이 있었네 늘 그대 등 뒤에서 환한 섬들 같은 사랑이 있었네 늘 그대 등 뒤에서, 무장무장 가무는 섬들 같은 사랑이 있었네

내게 사랑이 있었네 저 수평선 끝까지 그 너머까지, 내가 섬들보다 미리 가서, 그대 등 뒤에서 아득하게, 아득하게 더 죽고 말 사랑이 있었네

바다, 내 언어들의 희망 또는 그 고통스러운 조건 · 30

— 메리 벨 메리 벨

지금 어디를 가는 거니? 메리 벨 메리 벨 푸른 손 은초롱꽃 푸른 꽃눈처럼 흔들며 깨금발로 사방치기 놀이하듯 실구름 해사하게 밟으며

What happens if you choke someone, do they die?

지금 어디를 가는 거니? 메리 벨 메리 벨 봄바람 봄바람끼리 모여 실뜨기 놀이하는 환한 하늘을 지나 노랑나비 하양나비 송아리째 참수되는 환한 하늘을 지나

Oh, I know he's dead, I wanted to see him in his coffin

지금 어디를 가는 거니? 메리 벨 메리 벨 한입 흐벅지게 웃음을 베어 물고 뉴캐슬 스코츠우드의 폐가를 지나 지금 어디를 가

는 거니? 폐가의 그늘을 접듯 가위를 접고 가위를 접듯 폐가의
그늘을 접고

Fuck of we murder watch out Fanny and Faggot

　그, 음악 같은 메리 벨 메리 벨 으슥하게 옆얼굴을 누설하며 으
슥하게 실고추처럼 실금 간 옆얼굴을 누설하며 지금 어디를 가는
거니? 그, 음악 같은 메리 플로라 벨

바다, 내 언어들의 희망 또는 그 고통스러운 조건 · 31
— 우리가 불가역적 계약, 혹은 불가역적 사건이라 믿는 것들에 대해①

모래로 된 개무릇 모래로 된 가자미새끼 모래로 된 풀쐐기 모래로 된 개구리밥 모래로 된 장구애비 아니면, 모래로 된 혼천의渾天儀 모래로 된 한데 똥

모래처럼 수북한 인종들이 지하철 4호선 플랫폼으로 모래처럼 엎질러진다 모래비가 오려나 봐 수십억 년 황폐해진 모래의 비계飛階, 또는 모래의 비상구 모래바퀴를 단 역세권의 1톤 픽업이 아무데서나, 가망 없이 모래처럼 주저앉고, 모래 문신을 한 모래인종 하나가 그 옆에서 식은 모래의 식은 순대국밥을 뜨고 있다 세금 탈루범과 앵벌이 들이 모래처럼 잠입하는 남태령역, 모래의 골목 쯧쯧! 모래비가 올 것 같다니까 모래비가 곧 올 것 같지? 어디선가 모래인종들의 혀와 입술이, 입술과 혀가 모래처럼 서로 스며들다가 모래처럼 흩어지며 무산되는 어슬녘

모래가 모래끼리 모여 모래의 월식月蝕을 바라본다 하기야, 어차피, 과연 캄브리아기紀나 그 이전부터 자행된 모래의 접선, 또는 모래의 내통

모래로 된 외륜선 모래로 된 짚신벌레 아니면, 모래로 된 미분과 적분 모래로 된 화훼花卉 모래로 된 접시저울 모래로 된 중력방정식 모래로 된 트럼펫

바다, 내 언어들의 희망 또는 그 고통스러운 조건 · 32
— 귀신고래가 있다

귀신고래는 있다 은허殷墟의 귀갑수골문龜甲獸骨文 안에도 이도
백하二道白河의 푸르게 망가진 객잔客棧 안에도 귀신고래는 있다
믿기 어렵겠지만, 귀신고래는 있다 거품벌레가 문득 풀썩 무심히
뛰어오르는 계성운과 그믐 사이의 얇은 체적 속에도 귀신고래는
있다 그대의 붕괴된 홍채 속에도 귀신고래는 있다 자동차보험료
영수필증에도 영등포구청의 공무원복무규정집에도 귀신고래는
있다 나 사랑해? 꼴깍꼴깍 마른침을 삼키며 열중熱中하는 애인들
의 손길에도, 손길의 모호한 떨림에도 귀신고래는 있다 분명히
귀신고래는 있다 마카로니웨스턴 영화에도 귀신고래는 있다 등
자鐙子에도, 명랑한 시거연기에도, 총알이 뚫고 지나기 전부터 자
꾸 삐뚤어지며 증발하는 창백한 과녁에도 귀신고래는 있다 그러
니까 울산 세죽리 조개무지의 고요와 소란 속에도 귀신고래는 있
다 문풍지처럼 얇고 시리게 밤을 앓는 누군가의 소주잔 안에도
귀신고래는 있다 얄궂은 노릇이지만 부인할 수 없는 곳에도 귀신

고래는 있고, 더욱 부인할 수 없는 곳에도 귀신고래는 있다 명왕
성에도 귀신고래는 있다 모퉁이마다 질그릇처럼 조그맣게 얼어
터진 미신고 행려병자의 시체와 벽돌담장 위에서 캄캄하게 홍건
한 봄꽃, 귀신고래가 있다

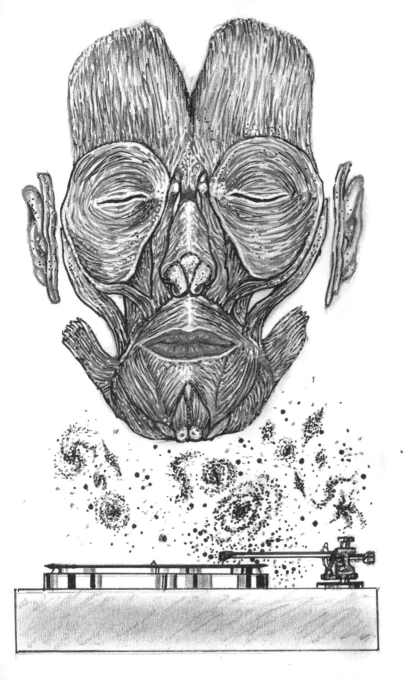

오태환, 〈시간의 정원, 또는 섬H〉

바다, 내 언어들의 희망 또는 그 고통스러운 조건 · 33
— 우주의 복도를 지나기 위한 사소한 질문③

＊

＊

　1991년 이탈리아와 오스트리아 접경의 알프스 산중에서 발견
되었다 5,300년 동안 빙하 속에서 썩지 못한 채 버텨 온 그는 갈
색 눈의 인도유럽인종으로 밝혀졌다 그의 이름 외치Ötzi The Ice
Man는 처음 모습을 드러낸 지역명에서 유래한다 그는 곰가죽 모
자를 쓰고 풀잎망토를 걸쳤으며, 염소가죽을 묶은 정강이보호대

를 했다 어깨에 박힌 돌화살촉과 피부 따위에 묻은 여러 사람의 혈흔으로 보아, 다른 부족과 교전하던 중 계곡으로 추락해 사망한 듯하다 구리도끼와 화살통, 주목朱木을 깎은 화살이 함께 발견되었다 그는 라임병을 심각하게 앓고 있었을 뿐 아니라, 편충 같은 기생충에도 감염된 상태였다 죽기 두 시간 전쯤 섭취한 것은 아이벡스의 육포와 소맥小麥이었다

*

쇄골 근처에서 별빛들이 흘러내렸다 별빛들의 흐린 깊이에 느리게 감긴 채, 그는 양젖을 담은 가죽부대처럼 조심조심 숨을 기울여 털어내고 있었다 폭설과 얼음의 별빛들이 천칭자리와 안드로메다은하와 춘분점의 어둠을 비껴, 가파른 속도로 떠나갔다 어떤 별빛들은 횡격막과 충수돌기를 시침질하듯이 더듬었고, 어떤

별빛들은 회색늑대와 눈표범처럼 주위를 기웃거렸다 그가 양젖을 담은 가죽부대처럼, 전 중량을 기울여 마지막으로 숨을 털어내며, 마지막으로 바라본 것은 무엇일까 알프스의 빙하 속에서 자신의 전 중량을, 5,300년 내내 바로 저 캄캄한 별빛들로 염습을 하며, 5,300년 내내 바라본 것은 무엇일까

바다, 내 언어들의 희망 또는 그 고통스러운 조건 · 34
— 내연内緣

늬가 일필휘지로 꽃들을 저지르는 애먼 봄날 무쇠밥솥 안쳐 밥물 끓이듯 모락모락 꽃들을 저지르는 애먼 봄날 득실득실 꽃들을 저지르는 애먼 봄날 벙어리처럼 한사코 꽃들을 저지르는 애먼 봄날

나는 자면서도 자면서도 꽃들을 앓는 수밖에 수척하게 앓는 수밖에

바다, 내 언어들의 희망 또는 그 고통스러운 조건 · 35
— 죄가 깊다 내가 주섬주섬 이슬을 저지르며

내가 너에게 가는 동안 뿔뿔이 맺힌 이슬을 짓밟으며, 마당귀에 빨랫줄에 햇빛의 시렁에 맺힌 이슬을 짓밟으며, 차마 짓밟으며 가는 동안 이슬이 이슬끼리 들키고 말 듯이, 내가 허파 속까지 맑게 들키며 남모르게 들키며 너에게 가는 동안

내가 너를 생각하는 동안 내가 너를 탕진하는 동안 수유동의 아침마다 수유동의 아침이 이슬을 생각하면서 이슬을 탕진하듯이, 내가 너를 탕진하고 말 때까지

나는 이슬의 푸른 맨발 나는 이슬의 푸른 무덤 죄가 깊다 내가 주섬주섬 이슬을 저지르며

바다, 내 언어들의 희망 또는 그 고통스러운 조건 · 36

— 500년 된 잉카의 소녀미라를 위한 아가雅歌

＊

＊

　내게 입 맞추기를 바라니 네 사랑이 석류 속 잇바디보다 붉게 젖었구나 나는 자면서도 톡! 톡! 네가 문 두드리는 소리를 듣는다 예루살렘의 딸아 피부가 흑요석처럼 검고 아름다워서 나는 은하수가 은성殷盛한 한 채의 밤, 송곳니가 자개처럼 굳고 빛나서 나는 갈기를 세운 한 채의 소슬한 늑대 보아라 너와 내가 쉴 침대의 지평선에 저렇게 인주印朱빛 초승달이 뜨고 광야가 뜨고 얕은 새들이 뜨고 낚시미늘 같은 대상隊商 두어 떼가 뜨고 있다

  내 누이 내 신부新婦야 청혼 전부터 네 혀에는 수금水禽이 노는 갈릴리호수가 있고, 밀화와 법랑의 목덜미에는 흰 창포와 흰 박하와 흰 침향목이 자란다 네 소란한 머리칼은 청금과 흑금의 이슬밭을 둘렀다 드디어 네 젖가슴과 젖꼭지는 백합의 알뿌리처럼 밝고, 잔디를 디디는 어린 사슴의 발굽처럼 향기롭다 네 허리는 탄식하듯이 느리고 가늘다 네 강의 하구河口가 레바논의 상아망루처럼 부풀다가 어느새 바빌론시市의 우기雨期처럼 범람하는구나

  내가 청의를 벗었으니 다시 입겠으며, 내가 유향乳香으로 발을 씻었으니 다시 더럽히겠느냐 너는 다만 울 듯이 왼손으로 내 이마를 받아 괴고, 다만 계수桂樹의 꽃향기를 싸서 접듯이 오른팔로

내 허벅지를 안을 뿐이다

　여인의 무리 가운데 어엿브구나 내 사랑아 네 몸알의 어엿븐
초분草墳 위에 운석隕石 하나가 빗금을 그으며 내렸다 날이 저물
고 돋을볕 서고 또 날이 저물어서, 내가 차라리 몰약의 작은 언덕
과 사향의 작은 언덕으로 간다

오태환, 〈시간의 정원, 또는 섬〉

바다, 내 언어들의 희망 또는 그 고통스러운 조건 · 37
― 뿔

도처에 뿔이 돋고 있다 이 봄, 내가 태어나기 전부터 미리 봄이
었던 이 봄, 천千의 강물에 영인影印된 천千의 달빛처럼, 뿔이 돋
고 있다 천지간 까마득히 미만彌漫한 뿔 그대 잠들어서도 보리라
울며 깨어나서도 보리라 달빛처럼 저렇듯 밝게 돋는 뿔을 내 안
의 오로지 광활한 남근男根뿐인 뿔 지상에서 가장 위독하고 아름
다운

바다, 내 언어들의 희망 또는 그 고통스러운 조건 · 38
— 이런 음악

폭탄벌레는 폭탄벌레 우엉잎에서도 폭탄벌레 문지
방에서도 폭탄벌레 지붕엣 너와처럼 휘인 폭탄벌
레 바람이 부나요? 폭탄벌레 폭탄벌레일수록 폭탄
벌레 사금파리처럼 금 간 폭탄벌레 10분 전에도 폭
탄벌레 그러니까 폭탄벌레 수평선 같은 폭탄벌레
일식日蝕 같은 폭탄벌레 팡! 하게 젖은 폭탄벌레 조
리복소니 폭탄벌레 아무리 멀어도 폭탄 벌레 심지
만 남은 폭탄벌레 선득선득 폭탄벌레 우두커니 폭
탄벌레 하늘염전 너머 폭탄벌레 애꾸눈 폭탄벌레
암달러상 폭탄벌레 우물보다 더 깊은 폭탄벌레 폭
탄벌레도 폭탄벌레 한 냥 서 돈쯤 폭탄벌레

바다, 내 언어들의 희망 또는 그 고통스러운 조건 · 39
— 우리가 불가역적 계약, 혹은 불가역적 사건이라 믿는 것들에 대해②

허리를 개켜 쟁인 곳에 다른 허리가 스며들었다 종아리를 괴면 얼굴이 엎질러졌고, 얼굴이 엎질러지면 두 무릎을 누설했다 반쯤 내려 뜬 눈이 낚싯바늘 같다 뒤통수의 그늘들은 호두알처럼 얇게 굴러다녔다 사타구니가 더 어두워지는 동안, 흰 발바닥 한 켤레가 마저 낡아 갈 것이다 무거운 닻을 건져 올리듯이 팔꿈치들과 아래턱들이 숨죽여 가라앉았다 외딴 길에서 외딴 귀는, 아직 자욱이 젖은 채다 공중에서 느리고 푸르게 닳고 있는 손톱 어떤 허벅지는 귀이개처럼 수척했으며, 어떤 가슴은 문짝 떨어진 경첩처럼 달캉거렸다

한번 섬으로 간 새는 다시 오지 않았고
한번 스친 바람은 다시 불지 않았다

프놈펜 근교 쯔응아익의 남서 방향, 그믐달 낀 캄퐁사옴의 검

은 해변

　흐린 빗장뼈만 남은 채 그녀는
　폐선처럼 모래톱에 처박혀 필사적으로, 나부꼈다

　1977년 5월, 또는 그 이전이나 이후

바다, 내 언어들의 희망 또는 그 고통스러운 조건 · 40
— 그것①

그것은 늘 등 뒤에서 다가온다 등 뒤에서 새는 바람소리 같은 그것은, 미처 뒤돌아보기도 전에 다가온다 조금때의 바다보다 더 먼 데로부터, 새들이 떠난 묘지보다 더 먼 데로부터

밤새 수경재배된 누군가의 어둠이 그믐의 윤곽처럼 분명하다 그것은 수도전의 누수漏水 그것은 돌아오지 않는 누군가의 빈방처럼 고요하고, 한때 쇠못이 박혔던 벽지자국처럼 고요하다 아주 오래 전부터, 차마 다가오는 그것은 푸른 사수좌射手座를 위한 사소한 배경, 또는 겨울숲의 느리고 단순한 메아리 누군가의 전 생이, 양철녹처럼 벗겨지는 전 생이 불현듯 천지간에 발각될 때 그것은 폐선의 그림자같이 다가온다

소금뿐인 인기척과 등피燈皮의 먼지 꿈의 희미한 침수浸水 미처 뒤돌아보기도 전에, 등 뒤의 바람소리로 미리 다가오는 그것은

바다, 내 언어들의 희망 또는 그 고통스러운 조건 · 41
— 내게 사랑이 있었네③

내 안에 저렇게 눈보라 쳐서, 흰 눈발로 차마 붐비는 사랑이 있었네

내 안에 저렇게 눈보라 쳐서, 차마 흰 눈발의 무릿매 맞는 사랑이 있었네

내 안에 저렇게 눈보라 쳐서, 차마 흰 눈발의 유성우流星雨 속에 잠드는 사랑이 있었네

내 안에 저렇게 눈보라 쳐서, 흰 눈발의 고요에 차마 가슴 데는 사랑이

흰 눈발처럼 쉬지 못하고 차마 에도는 사랑이, 내 안에 저렇게 눈보라 쳐서

오태환, 〈시간의 정원, 또는 섬J〉

바다, 내 언어들의 희망 또는 그 고통스러운 조건 · 42
— 그 우주 최초의 별

2017년 10월 하와이대 연구팀은 천체망원경 Pan-STARRS1을 이용해, 처음으로 태양권 바깥에서 날아온 외계소행성 1I/2017 U1을 포착한다 담배 형상을 한 그것은 거문고자리의 직녀성 근처에서 쌍곡선을 그으며 날아와, 지구와 화성 사이를 비껴 지나고 있다 정밀 관측 결과 탄소를 포함한 금속질로 구성된 1I/2017 U1은 현재 지구로부터 2억㎞ 정도 떨어진 채, 8.14시간마다 자전을 하면서 시속 13만 8천㎞로 비행한다 2018년 5월 목성궤도를 스치고, 2019년 1월 토성궤도를 지나고, 2022년 해왕성궤도를 넘는다 태양권을 완전히 빠져나가는 데 2만 년이 걸린다 이 소행성은 다시 수천만 년 동안 우주방사선에 피폭되며, 성간星間의 어둠과 추위 속을 항행할 것이다

그해 강릉발 청량리행 무궁화호 열차의 객실 안이 그녀와 나눈 마지막 공간이었다 그녀는 낮은 분홍빛 힐을 또각거리며, 통로를

빠져나가 열차에서 내렸다 플랫폼을 거쳐, 이내 희미한 눈발 날리는 어둠 속으로 사라졌다 아니, 그랬을 것이다 내가 외계소행성 1I/2017 U1의 기사를 읽으며, 불현듯 20년 가까이 된 그해 겨울의 그녀를 떠올린 까닭은 무엇일까

　내가 끝까지 참다 가까스로 그녀를 돌아봤을 때는 그녀가 열차 문을 막 밀고 나가는 순간이었다 그녀도 하마 나를 돌아본, 어쩌면 나를 돌아보려 했던 것일까 아주 짧은 시간 내 시야를 희미한 눈발처럼 곡두처럼 하마 비낀 그녀의 옆얼굴, 어쩌면 그녀의 눈빛 그녀의 모습은 적잖이 세월이 흐른 지금까지, 내용을 기억 못하는 슬픈 꿈에서 깨어난 직후 망막을 가르는 꿈의 일말─抹처럼, 아슬하고 아득하게 남아 있다

　천체망원경 안에서 소행성 1I/2017 U1은 우주의 어둠과 우주

의 추위를 희미한 눈발처럼 곡두처럼 비끼고 있었다 그것은 비공식적으로 'Oumuamua'라 불린다. 하와이말로 'ou'는 '손을 뻗어 잡으려하다', 'mua'는 '처음'이라는 뜻을 품는다 그러니까 그것의 닉네임은 '처음으로 손에 잡힐 듯하다'라는 의미겠다 그때 나는 서울에 당도하기까지 고개조차 들지 못한 채, 내내 그녀가 남기고 떠난 빈 좌석만 응시하였다 창백한 형광등이 비추는 빈 좌석의 발 시린 어둠 내게 '처음으로 손에 잡힐 듯하다'는 '앞으로도 손에 잡히지 않을 듯하다'라는 뜻으로 읽혔다

소행성 1I/2017 U1은 궤도이심률 1.20의 쌍곡선을 그으며 페가수스자리 방향으로 날아가고 있다 다시 지구를 찾는 일은 영영 있을 리 없다 그날 그녀를 만난 것은 그녀와 헤어진 지 15년 정도 지난 뒤였다 나도 그녀도 그 무렵까지 사랑한다는 말을 한 차례도 입에 올린 적이 없었다 그녀가 남기고 떠난 발 시린 어둠에 소

슬한 그림자처럼 묻혀, 내가 오래 고개조차 들지 못하고 만 까닭은 무엇일까 그때 내가 처음으로 그녀에게 발각되었을지 모른다는 속절없는 초조함 때문만은, 그녀가 처음으로 나에게 발각되었을지 모른다는 가슴 떨리는 서러움 때문만은 아니었을 테다

그것은 천체망원경 Pan-STARRS1의 뷰파인더 속에서 발각되었다 그러나 여전히 황막한 우주공간의 가장 캄캄한 어둠과 절대온도에 가까운 추위 속을 홀로 운행할 것이다 시뮬레이션에 따르면 최초의 별은 수소와 헬륨 두 원소의 증기로 들끓는다 그것은 빅뱅 이후 1억 년이 지나, 우주의 필라멘트네트워크 구조 접합부 위에서 생겨난다 이온과 전자와 광자 들이 밀집한 플라스마 속에 탄생한 우주 최초의 존재 나는 정말 뜬금없게도 희미한 눈발 같은 곡두 같은 저 소행성 1I/2017 U1이 해쓱한 쌍곡선을 그으며, 언제까지든지 그 우주 최초의 별을 향하리라 생각했다

바다, 내 언어들의 희망 또는 그 고통스러운 조건 · 43
— 그것②

거울을 보며 머리를 헹구는, 그대의 방심 속에도 있다 그것은 황도黃道를 따라 먼지처럼 부유하는 흰긴수염고래 곁에도 있고, 그것은 제타함수의 수천 광년을 횡단하는 완보벌레의 완보 곁에도 있다 사과를 베는 그대 과도果刀의 푸르고 견고한 속도 안에도, 그것은 있다 망가진 자전거가 무심히 돌리는 페달 그러므로 그것은

일식日蝕을 숨죽여 바라보는 공사장의 모래 속에도 있다 하루치의 주검이 동짓날 마른 무청처럼 가벼워질 때, 어느 전리층 아래에선 숫돌에 갈 듯이 또 우레가 칠 것이다 그 찰나에도 그것은 있다 그대의 새벽에도 그대의 다음날 새벽에도 있다 성냥불처럼 꺼지는 투구꽃들의 희미한 미행尾行 그것은 어깨에 묻은 빗물을 털어내다가 불쑥 든 잡념 속에도 있고

그것은 아무도 모르게 허드레 물살에 젖는, 한강 둔치의 흐린 구석에도 있다 바람이 부는데 처음 보는 누군가가 한눈을 팔고 있다 폐결핵의 으슥한 행려의 날들 달걀프라이처럼 맺히는 밤하늘의 안드로메다은하 안에도, 간석기石器의 밝은 돌화살촉과 더 밝은 돌모루 안에도 그것은 있다 어제 그대가 친 풍금 곁에도 풍금의 고요 곁에도

오태환, 〈시간의 정원, 또는 섬K〉

해 설

시와 사건의 저편

이 찬 규(문학평론가 · 숭실대학교 불문과교수)

"그는 기다릴 줄 아는가? 기다릴 줄 알면서 그는 기다림
에 필요한 지식을 원하는가? 그렇다면 그는 기다릴 줄
모르는 것이다." – 모리스 블랑쇼

"나는 마당에 피는 꽃들을 목격하며 생각했다 꽃이 피는
것은 분명히 지금 벌어지는 사건이지만, 동시에 아직 벌
어지지 않은 사건이며 금세 벌어질 사건이다 이미 벌어
진 사건이기도 하고 이전에 벌어진 적이 없는 사건이기
도 하다" – 오태환

오태환의 다섯 번째 시집이 상재되었다. 『바다, 내 언어들의 희
망 또는 그 고통스러운 조건』이다. 가장 긴 제목의 시집이다. 제
목은 먼저 시인의 고투를 떠올리게 한다. 그 고투가 걷어 들인 언
어적 성취는 눈부시다. 특히 지난 시집 『복사꽃, 천지간의 우수

리』는 회자되지 않을 수가 없다. 등단시기부터 발효된 그의 언어적 운신, "고아한 언어를 참신한 감각으로 부려내는 솜씨"(이경호)는 많은 사람들을 주눅 들게 만들었다. 시인 지망생들은 "맑게 육탈된 별빛들의 염습殮襲"(정진규)같은 그의 시어들 앞에서 나아갈 진로를 새롭게 고민했다. 그리고 우리는 "치열한 시적 수사가 쪽마다 홀로 우뚝"(오탁번) 하면서도 또한 그것들이 두고두고 회통되는 의미지평들 사이에서 기꺼이 글읽기의 호사를 누리는 '독자'가 되었다. 이는 롤랑 바르트가 영원히 '독자'로 남겠다고 하면서 글쓰기보다 더한 글읽기의 위대함을 역설했던 연원을 헤아리게 한다.

라틴 계통의 경구 중에 이런 게 있다. "숨 쉬는 동안 나는 희망한다. Dum spiro, spero." 바꾸어 말하면, 오태환은 숨 쉬는 동안 고투한다. '희망'이 '고통의 조건'이 되는 까닭이다. 그는 이번 시집에서 모두가 상찬했던 언어적 고투를 바탕으로 또 다른 고투의 세계를 보여준다. 그 고투는 세계에 대한 단일적인 인식과 상투적인 재현과의 싸움으로 먼저 비롯된다. 이를테면 그는 미제사건의 파일 같은 르포적 글쓰기, 사진을 동반한 텍스트와 같은 다양한 형식적 감행을 통해 인간의 죽음과 육체성, 자연과 우주를 새롭게 회통시킨다. 이러한 회통은 또한 당대의 시편들을 압도하는 '우주적 시점視點'을 거치면서 "삶보다 더 깊고, 죽음보다 더 먼 어떤 곳"의 구체적인 풍경들까지 분만해낸다. 그러니까 이번 시집에는 "화성과 목성 사이의 춥고 캄캄한 소행성벨트를 검고 구멍 숭숭한 돌멩이처럼 쓸쓸하게 비행하는" 오태환을 좀 더 자주 목격하게 된다. 그 쓸쓸한 우주의 비행은 저 푸르른 지상에서 발생하는 근원적 향수 때문에 좀 더 사실적으로 쓸쓸하기도 하다. 그의 향수는 시방 절박하기도 해서 곧잘 죽음이라는 사건으로 가닿는다. 죽음을 앞두고 고향을 그리워하는 것이 수구초심首丘初心이라면, 오태환의 향수는 그리움을 넘어서 그 고향의 정체에 대해서 질문하게 한다. 태어난 곳이 아니라 "삶보다 더 깊고, 죽음보다 더 먼 어떤 곳"으로 향하는 죽음은 우리의 고향을 다시 태어나게 한다. 고향이 고정되어 있는 것이 아니라 다시 태어나는 상태에 있을 때 수구초심이라는 근원적 서정성도 새로운 사건이 된다. 쓸쓸함이 새로운 사건이 되는 순간이다. 가을날 어느 술자리에서 "형은 꼭 늙은 어린왕자 같아요"라고 했더니, 싱긋 웃으며 술을 따라주던 시인이 생각난다. 정말 그는 싱긋 웃고 만다.

1. 귀신고래와 그것

시집의 제목이 전하고 있듯이, 오태환의 화두는 일단 바다로부터 파생된다. 그러니까 시집에 들어 있는 마흔세 편의 텍스트 모두가 단 하나의 표제인 '바다, 내 언어들의 희망 또는 그 고통스러운 조건'으로 묶여 있다. 왜 바다인가? 오태환의 시에서 바다는 종종 근원적인 향수를 불러일으키는 공간이 된다. 나중에 좀 더 설명을 붙이겠지만, 근원적인 향수라 함은 살아서 떠나왔지만 살아서 돌아갈 수 없는 곳에 대한 그리움에서 비롯된다. 우주와 인간의 몸 사이를 분별없이 넘나드는 그의 주된 상상력 또한 이러한 근원적인 향수와 연관이 깊다. 시집의 첫 번째 텍스트는 바다를 떠올리게 하는 귀신고래가 문장의 말미마다 나타난다. 그런데 어디에도 '없음'으로 매번 나타난다.

귀신고래는 없다 북양北洋의 흰 유빙遊氷 사이를 떠돌던 귀신고래는 이제 없다 구약 예레미야서 23장 6절과 졸피뎀 10㎎과 세작들의 우울한 저녁식탁에도 귀신고래는 없다 무슨 환부 같은, 폐름기紀의 사력질 화석 안에도 귀신고래는 없다 참수를 금방 끝낸 IS병사의 검은 피 묻은 소맷자락에도 그의 검은 복면이 불현듯 돌아보는, 다마

스쿠스 근교 와디의 눈부신 정적 속에도 귀신고래는 없다 나침반과 컴퍼스에도 귀신고래는 없다 사이버펑크시대, 봄비 같은 종아리들이 봄비같이 붐비는 부부스와핑의 현장에도 귀신고래는 없다 달빛 받는 AK소총의 푸른 그림자에도 천상열차분야지도각석에도 귀신고래는 없다 미제사건 파일의 사건번호 목록에도 귀신고래는 없다 하마 마지막 숨을 느리게 쏟으며, 어느 늙은 북경원인이 무심히, 지켜봤을 주구점周口店의 택지재개발공사 같은 햇살 속에도 귀신고래는 없다 그 햇살 아래 비계처럼 가설되는 금잔화金盞花떼 속에도 귀신고래는 없다 무기밀매업자의 대장내시경에도 전직대통령의 차명계좌 잔고에도 귀신고래는 없다 구제역으로 집단폐사한 돼지들이 개처럼 모여 짖고 있을지 모르는, 화성과 목성 사이 소행성대의 춥고 어두운 중력방정식 안에도 귀신고래는 없다 밤마다 정치적 망명을 도모하는 한 시인의 물방울처럼 상傷한 시집 갈피에도 귀신고래는 없다 그대가 오래 울다가 깨어난 새벽, 도무지 기억해내지 못하는 꿈의 그, 으슥한 그늘에도 귀신고래는 없다 오늘 오후 두 시 십칠 분 속에도 귀신고래는 없다 그러니까 귀신고래는 없다

－「바다, 내 언어들의 희망 또는 그 고통스러운 조건·1
— 그러니까 귀신고래는 없다」 전문

시인이 참 당연한 사실들을 반복한다고 할 수 있겠다. 이를테면 "전직대통령의 차명계좌 잔고에도" 귀신고래는 없기 때문이

다. 그렇다고 귀신고래가 '희망' '정의' 같은 관념적인 무엇인가를 갈음하는 상징물이라고 섣불리 단정하지는 말자. 그에게 정치적 올바름은 옵션 정도다. 오태환이 매우 싫어하는 것 중 하나가 시대적 윤리나 이데올로기적 주장을 날것 그대로 시를 통해 전달하는 방식이기 때문이다. 누군가의 말이 백번 옳더라도 마치 성명서처럼 되면, 그가 "됐고~"하며 손사래를 치다 소주를 훌쩍 들이키는 모습이 선하다. 정치적 올바름이나 시대적 윤리가 시의 윤리가 될 수는 없다. 그런데 이상하다. 작품과 작가는 별개라고 배웠는데, 오태환은 시와 시인의 삶을 줄곧 혼동케 하는 이상한 능력을 가지고 있다. 그 이상한 능력이 조금은 슬퍼 보이는, 김수영식대로 말하면 '서러워 보이는' 시대인데 말이다.

인용시는 한편으로 다음과 같은 사실적인 정보를 건네주며 시작된다 : "귀신고래는 없다 북양北洋의 흰 유빙遊氷 사이를 떠돌던 귀신고래는 이제 없다". 환경재앙과 멸종을 고발하는 생태주의적 진술인가? 검색 결과, 귀신고래는 남획 끝에 우리나라 근해에서는 1964년 다섯 마리를 포획한 기록을 끝으로 사라지고 만다. 하지만 시에 대한 생태주의적 추정은 거기까지다. 다만 "귀신고래는 없다"라는 각각의 서술적 장치를 통해서 시 안에서의 다층적 상황들이 등가관계를 이룬다. 이를테면 "무기밀매업자의 대

장내시경"과 "밤마다 정치적 망명을 도모하는 한 시인의 물방울
처럼 상傷한 시집 갈피"와 "오늘 오후 두 시 십칠 분"이 같아진
다. 더 나아가 부재하는 귀신고래는 정치적인 깃, 내면석인 것
그리고 일상적인 것들의 운명적 동일성을 일깨운다. 게다가 그의
시는 운명적 동일성을 빈번하게 우주적 시점으로 확장하면서도
일상을 결코 망각하지 않는 시적 긴장감을 유지한다. 시는 그렇
게 하나의 사건이 된다. 오태환적 사건은 오래된 사유의 체계,
즉 이것은 저것이 아니며, 이것이 이상이면 저것은 이하이고, 그
것들은 비교할 수 없게 다르다는 그 곤고한 분별의 체계를 부수
는 일이다. 따라서 첫 번째 시편과 함께 "그것"이라는 부제가 붙
은 이 시집의 마지막 시편 또한 읽어볼 필요가 있다.

　거울을 보며 머리를 헹구는, 그대의 방심 속에도 있다 그것은 황
도黃道를 따라 먼지처럼 부유하는 흰긴수염고래 곁에도 있고, 그것
은 제타함수의 수천 광년을 횡단하는 완보벌레의 완보 곁에도 있다
사과를 베는 그대 과도果刀의 푸르고 견고한 속도 안에도, 그것은
있다 망가진 자전거가 무심히 돌리는 페달 그러므로 그것은

　일식日蝕을 숨죽여 바라보는 공사장의 모래 속에도 있다 하루치의
주검이 동짓날 마른 무청처럼 가벼워질 때, 어느 전리층 아래에선

숫돌에 갈 듯이 또 우레가 칠 것이다 그 찰나에도 그것은 있다 그대
의 새벽에도 그대의 다음날 새벽에도 있다 성냥불처럼 꺼지는 투구
꽃들의 희미한 미행尾行 그것은 어깨에 묻은 빗물을 털어내다가 불
쑥 든 잡념 속에도 있고

　그것은 아무도 모르게 허드레 물살에 젖는, 한강 둔치의 흐린 구
석에도 있다 바람이 부는데 처음 보는 누군가가 한눈을 팔고 있다
폐결핵의 으슥한 행려의 날들 달걀프라이처럼 맺히는 밤하늘의 안
드로메다은하 안에도, 간석기石器의 밝은 돌화살촉과 더 밝은 돌모
루 안에도 그것은 있다 어제 그대가 친 풍금 곁에도 풍금의 고요 곁
에도

－「바다, 내 언어들의 희망 또는 그 고통스러운 조건 · 43
― 그것②」 전문

　그러니까 "그것"이 무엇인지 알려고 하지 말자. 모호한 것은
모호한 대로 방임하면 된다. '방임'이란 말이 아직도 석연치 않은
독자가 있을까? 시인이 이미 말했듯이 시의 모호성은 "내 몸속에
서 장정裝幀된 여자들이 모조리 모호하다는 사실만큼 숙명적인"
(「섹스에 관한 참 건조한 은유, 또는 몸의 만다라」, 『복사꽃, 천지간의 우수리』(시로
여는세상, 2013) 33쪽.) 것이다. 다만 어디에도 '있는 그것'으로 인해

실재하는 것들은 혼종한다. 혼종은 관습적으로 세계를 인식하고 재현하는 것을 거스르면서 발생한다. "달걀프라이"에서 "밤하늘의 안드로메다"를, "그대가 친 풍금 솔"에서 "풍금의 고요"를 말할 수 있을 때 '그것'은 있다. 그것은 시공간을 넘나들면서 러시아인형 마트료시카처럼 하나를 열면 또 다른 하나로 나타난다.

이번 연작의 처음과 끝을 당겨보자면, "귀신고래는 없다"로 시작해서 "그것이 있다"로 끝나는 판이 만들어진다. '없음'에서 '있음'으로 건너가는 이 경로가 삶에 대한 어떤 긍정의 신호라고 섣불리 판단하지는 말자. 살다보면 알게 되는 것이지만, '있음'이 '없음'보다 더 나은 적이 그리 많지 않기 때문이기도 하다. 이 부분에서 우리는 이번 연작들에서 구체와 감각 혹은 추상의 세계를 넘나들며 끊임없이 실재하는 죽음이라는 사건을 소환해 볼 필요가 있다. 죽음은 일반적으로 있음에서 없음으로 가는 경로일 수 있겠으나, 오태환에게 있어서 그것은 '없음'과 '있음'의 차이를 무화시키는 사건이기 때문이다. 이는 그가 '살이' 속에서 이미 죽음을 보는 까닭이 된다. 꽃이라는 경물을 위한 그의 언어적 선택에도 그러한 까닭이 담겨있다.

꽃은 피는 게 아니라 새는 것이다 베개 속에 얼굴을 묻고 잠을 청

하면서, 생각했다 봄여름 가을 아래쪽, 지평선의 깊이로 왼쪽 지평
선의 깊이를 누르며 오른쪽, 지평선의 깊이로 위쪽 지평선의 깊이
를 당기며, 가망 없이
　새는 꽃들은
　눈보라의 캄캄한 뇌출혈
　별빛의 흥건한 내분비
　　　　－「바다, 내 언어들의 희망 또는 그 고통스러운 조건 · 12
　　　　　　－ 새는 것들의 지평선」 부분

　'피다'라는 동사는 삶으로 집중된 힘을 환유한다. 꽃이 피고,
사람의 얼굴에 혈색이 감돌고, 검은 연탄에 불이 새롭게 지펴지
는 것. 하지만 오태환은 '피다'라는 술어가 가장 무던했던 '꽃'이
라는 주어에서 이미 다른 것을 본다: "꽃은 피는 게 아니라 새는
것이다." 새는 것은 나타남과 사라짐이 함께 일어나는 것. 그러
니까 오태환에게 있어서 꽃이 황홀恍惚한 경우는 그것이 삶과 죽
음의 동시적 현상을 체현하면서 그 구별까지도 무화시킬 때이다.
그래서 "새는 꽃들은" "별빛의 흥건한 내분비"이기도 하지만 "눈
보라의 캄캄한 뇌출혈"이 되기도 한다.

2. 죽음이라는 사건 혹은 언제나 더 죽고 말 사랑에 대하여

오태환의 연혁을 잠깐 들춰보자면, 그는 인천 부평구 백마장 언저리에서 태어난다. 출생지로 인해 그의 연작시의 제명들마다 '바다'가 호명되는 것이 아닌가라는 기계적인 생각이 들 수도 있겠다. 하지만 시인은 태어난 지 사흘 만에 강보에 싸여 서울 송천동 미아리 산 75번지로 이사를 하게 된다. 그러니까 그의 유년의 실제적 기억들은 바다와 가까운 인천백마장이 아니라 서울 미아리의 어느 산동네와 맞물려있다. 그리고 이곳의 기억들은 오태환의 시세계에 있어서 간과할 수 없는 존재론적 모티프가 되어 왔다. 그는 그러한 장소성에 대해서 이렇게 술회한다. "내 유년의 서늘하고 안타까운 처소, 또는 내 불온한 청춘의 한 모서리에서 때로 가망 없이 도지는 상처 같은 것." 그의 첫 시집 『북한산』은 이러한 개별적 장소성이 세계를 인식하고 재현하는 실존적 구심점으로 부려지고 있음을 보여준다. 반면에 이번 시집의 화두라고 할 수 있는 '바다'는 시인의 개별성을 넘어서는 원체험의 장소가 된다. 그러니까 마음뿐만 아니라 몸의 기억으로부터 분리될 수 없는 그 무엇이 바다가 되는 셈인데, 오태환의 근원적인 향수와 죽음에 대한 사유가 겹쳐지는 지점이기도 하다. 그는 바다에 가서 죽음을 맞으려는 욕망에 대해서 이렇게 설명한 적이 있다.

　수구초심이라는 성어가 있다. 구태여 바다에 가서 죽음을 맞으려는 욕망이 있다면, 그의 그리움은 죽음의 절박한 깊이까지 육박한다. 이는 수억 년 전 바다를 유영했던 척색동물chordate로부터 몸을 이어받아 지금에 도달했다는 사실을 우리의 몸 스스로 기억하고 있기 때문이다. 그건 사람의 임신과정이 배아부터 출생까지 불과 10달 동안, 한낱 세포에서 아가미와 꼬리를 단 어류를 거쳐 현재에 이르는 진화의 전 영역을 촘촘히 보여준다는 사실에서 확인된다.

　죽음은 인간이 만물의 영장이 아니라 자연의 한 부분이라는 사실을 가장 확실하게 보여주는 징표이다. 아마도 이번 시집에서 오태환이 죽음이라는 영역에 깊숙이 언어의 닻을 내리는 한 가지 까닭일 것이다. 달리 말하면, 언어는 이성의 산물이기 전에 자연의 일부가 된다. 그러니까 그는 자신의 언어를 "시문詩文도 경사經史도 아니"고 몸의 기관들 속으로 들이치는 빗소리에 온전하게 위탁한다.

　내 언어가 벼루를 내어 먹으로 가는 것은 시문詩文도 경사經史도 아니다 그저 빗소리일 뿐이다 쇄골과 연필자국처럼 희미한 임파선

속으로, 으리으리 관상동맥과 가문 발톱 속으로, 선득선득한 허파
와 전두엽 속으로 창호지 창문 안에 빗물 들이치듯 들이치며 저 혼
자 자욱한
  ─「뿔 · 4」, 『복사꽃, 천지간의 우수리』(시로여는세상, 2013)

오태환은 이번 『바다, 내 언어들의 희망 또는 그 고통스러운 조
건』 연작시에서 이미 방송과 언론을 통해 알려졌던 몇몇 비극적
죽음들을 다시금 기억시킨다. 그는 토막살인, 십자가 자살, 무연
고사망, 중동지역의 학살 현장, 고대의 희생제의, 그리고 잉카제
국의 소녀미라를 찍은 사진들까지 줄줄이 소환한다. 하지만 이러
한 죽음들은 사회 · 문화적 맥락을 넘어서는 또 다른 기원적 의미
들로 거듭나면서 종결되지 않는 사건이 된다.

  기어이, 그가 죽었다 서해상으로 밀입국한 조선족이나 위장결혼
한 동남아시아계 불법취업자들이 자주 이용하는 금천전당포錦川典
當鋪에서 3미터 남짓 떨어진 골목어귀, 그는 하얗게 동파凍破된 그
대로, 유흥가의 대리운전광고 찌라시들처럼 짓밟힌 채 바람에 나부
꼈다 진해에 상륙한 벚꽃이 중부내륙으로 진입하고 있다는 소식은
그에게 유언비어에 불과했다 더러운 외등外燈의 아세틸렌 불빛 속,
중금속의 미세먼지 같은 눈발들이 떨어지지 못하고 부유하며, 가만

가만 수습하는 희미한 허벅지의, 차갑고 외딴 고요

　경찰은 무연고 행려병자의 단순변사로 결론 지어 검찰에 송치했
다 그가 앰뷸런스에 실려 간 뒤, 국과수 대신 바람이 현장의 봄밤을
해 뜰 무렵에 이르도록 춥게 부검剖檢했다 누가 뭐래도 혀끝을 데웠
을 담배꽁초 몇 개피나, 안주머니에 감췄을 소주 한 병, 무심히 쳐
다봤을 공터의 햇볕 두어 모숨, 아니면 곤달걀 부패하듯 부패하고
남은 폐와 비장에게, 그의 딱딱한 죽음은 분명히 사고가 아니라 사
건일 터였다

　그의 생전이 늘 그래왔듯, 늘 미수에 그칠 수밖에 없는
　　　　　－「바다, 내 언어들의 희망 또는 그 고통스러운 조건 · 21
　　　　　　　　　　　　　　　　　　　　　　— 미수未遂」

　시는 '그'로 명명되는 어느 사내의 무연고사망을 전한다. "기어
이, 그가 죽었다"라는 문장으로 시작되니, 죽을 수밖에 없는 죽
음이다. 시에서는 그의 이력을 헤아리게 하는 일말의 장소가 등
장한다: "조선족이나 위장결혼한 동남아시아계 불법취업자들이
자주 이용하는 금천전당포錦川典當鋪". 사내는 그곳으로 가는 골목
길 위에 "유흥가의 대리운전광고 찌라시들처럼" 쓰러져 죽어있
다. 행인들이 무심히 밟고 지나가는 찌라시들의 무용성이 도시에

서 일어난 쓸쓸한 죽음을 좀 더 황막하게 만든다.

시인은 "무연고 행려병자"의 죽음에 대한 묘파 끝에 이는 "사고가 아니라 사건"이라고 언병한다: "그의 딱딱한 죽음은 분명히 사고가 아니라 사건일 터였다." 이러한 분별은 무엇을 의미하는가. 낱말의 뜻에 우선 차이가 있다. '사고'가 뜻밖에 일어난 불운한 일이라면, '사건'은 사회적으로 문제를 일으키거나 주목을 받을 만한 뜻밖의 일을 일컫는다. 그러니까 그의 "딱딱한 죽음"에는 이 사회가 드러내고 싶지 않은 비정과 참혹이 가로놓여 있다. 이러한 비정과 참혹에 대한 고발은 '역사란 무엇인가'라는 부제가 붙은 또 다른 일련의 작품들이 보여주듯이 이번 시집의 주요 모티프가 된다고 볼 수 있다. 하지만 좀 더 문제적인 발언은 인용시에서 행을 나누어 강조된 마지막 구절이다.

그의 생전이 늘 그래왔듯, 늘 미수에 그칠 수밖에 없는

왜 미수인가. 시의 부제(미수未遂)가 강조하고 있듯이, 경찰이 "무연고 행려병자의 단순변사로 결론지어 검찰에 송치"한 죽음이 왜 "생전"처럼 미수인가. 오태환은 그 어떤 죽음도 '결론'에 이르는 하나의 진술에 이를 수 없다는 것을 전언한다. 그의 시는 죽

음에 대한 우리들의 결론, 우리들이 알고 있다고 생각하는 그것에 대한 규정들을 정지시킨다. 시인은 주검이 앰블런스에 실려 간 뒤에 그 주검이 사라진 길바닥을 밤새 "부검剖檢"하는 겨울의 차가운 바람을 목격한다. 그러니까 그의 시에서는 '주검'이 사라진 뒤에도 '죽음'이 있다. 죽음의 '미수'는 생전과 생후의 시간적 선후관계를 파기한다. 오태환이 심심치 않게 미래에 일어날 사건에 과거시제형을 사용하는 까닭이기도 하다.

> 내일 이맘때쯤, 아니면 십년쯤 지난 뒤, 정말 무슨 일이 벌어졌던 걸까?
> — 「바다, 내 언어들의 희망 또는 그 고통스러운 조건 · 24
> — 역사란 무엇인가③」 부분

미래와 과거가 두서없이 혼종하는 이러한 오태환의 시간의식은 어디에서 기인하는 것일까. 삶과 죽음을 동시에 바라보는 그의 '우주적 시점'을 지나칠 수 없다. 그는 어느 시작노트에서 이렇게 전한다: "지구라 불리는 궁벽한 행성에서의 살이나 죽음은 정말 홀로그램에 지나지 않을지 모른다. 서로 다른 무수한 시간과 공간의 지평선이 뒤섞인 채 팽창하고 붕괴되며 요동치는 우주 안에서, 삶이와 죽음의 구별도 따로 있지 않을 성싶다. 삶이가 죽음의 일부고 죽음이 삶이의 일부라는 역설은 낯설지 않다. 그 삶이와 죽음에 대한 탐구의 다른 이름이 바로 향수겠다." 오태환에게 죽음이란 정지가 아니라 끊임없는 갱신을 통해 영원성을 가지는 부분이 된다. 그 영원성에 오태환은 가끔 사랑이라는 사건을 얹어놓는다. 그래서 "언제나 더 죽고 말 사랑"이란 '이해한다'는 일반적 동의만으로는 언제나 충분치 않은 사건이 된다.

> 내게 사랑이 있었네 저 수평선 끝까지 그 너머까지, 내가 섬들보다 미리 가서, 그대 등 뒤에서 아득하게, 아득하게 더 죽고 말 사랑이 있었네
> － 「바다, 내 언어들의 희망 또는 그 고통스러운 조건 · 29
> ― 내게 사랑이 있었네②」 부분

3. 태어나는 상태의 진실

오태환의 이번 시집에서 두드러진 것 중의 하나는 조선족 불법 취업자뿐만 아니라 다양한 직업을 가진 군상들이 등장한다는 점이다. 하지만 이는 고은류(『만인보』에서 볼 수 있는)의 전기적 인물

혹은 평범한 인물들 속에서 결국 위대한 흔적들을 발견해내려는 휴머니즘적 노력과는 거리가 멀다. 그러니까 오태환의 사내들은 대개 스스로 절망의 지경이 되거나, 좀 더 나아간다면, 죽음의 과정을 창안한다. "죽음이 모든 것을 끝내지 않는다Letum non omnia nfinit"는 고대 로마의 잠언이 있다. 이는 죽을 만큼 절망한 사람들에게 다시 희망을 북돋워 주기 위해 만들어진 명구이다. 하지만 이 희망의 메시지가 도리어 실존적 현실로 읽혀지는 것이 오태환의 인물들이다. 죽음마저도 이 생生에서 일어난 모든 일들을 끝낼 수 없다니! 택시운전사, 전직 목사, 장례지도사, 구청 공무원, 앵벌이 등이 그러하다. 이를테면 오래전에 폐쇄된 채석장에서 택시운전사는 양손과 발등에 스스로 쇠못을 박고 십자가에 매달려 자살한다(「바다, 내 언어들의 희망 또는 그 고통스러운 조건 · 2—Anno Domni 2011년 4월 29일」). 그리스도 기원Anno Domni 이전이건 이후이건, 이러한 죽음이 도대체 가능한가?

그는 자기 오른쪽 엄지발가락과 집게발가락 사이의 우묵한 살집을 겨누어, 'ㄴ'자로 구부린 쇠못을 펜치로 고정시킨 뒤, 망치를 내리치기 시작했다 그의 망치질은 서두르거나 망설이는 기색이 없었다 그리고 오른발의 복숭아뼈에 왼발의 복숭아뼈가 어슷하게 겹치

도록 천천히 앉음새를 고쳤다 오른발과 마찬가지로 왼쪽 발등에도
힘과 각도를 침착하게 제어하며, 굵은 쇠못을 때려 박았다 딱, 딱,
딱, 망치소리가 폐채석장 이곳저곳에서 불씨처럼 작고 예리한 잔향
을 일으켰다

　(…)

　식도食刀를 내려놓고 핸드드릴을 골랐다 왼쪽 손바닥의 검지뼈와
중지뼈 사이에 드릴날을 곤두세웠다 드륵, 드륵, 드르르르, 짧게 쥐
이빨 갈리는 소리를 내는가 싶더니, 그것은 순식간에 손바닥을 관통
했다 그는 구멍 뚫린 왼손으로 오른손의 핸드드릴을 받아 쥐려 했다
그의 동작은 전파간섭에 노출된 구형모니터처럼, 버퍼링이 걸린
VOD화상처럼 무너졌다가 끊기기를 몇 차례나 거듭했다 오른쪽 손
바닥의 신경과 힘줄을 피해 조심조심 핸드드릴의 방아쇠를 당겼다
그는 두 손바닥을 나란히 모아 찬찬히 살폈다 상처자리가 석유시추
용 천공 같았다 풀모기가 달겨드는지, 그가 불현듯 코앞의 허공을
휘젓는 시늉을 했다 어찌 보면 허공과 하이파이브를 하는 성싶기도
했다

－「바다, 내 언어들의 희망 또는 그 고통스러운 조건 · 2

— Anno Domni 2011년 4월 29일」 부분

택시운전사의 자살은 추상 아닌 실제다. 시의 부제에 표기된
'2011년 4월 29일'과 '십자가'를 인터넷 검색어에 함께 입력하니

경상북도 문경에서 십자가에 자신을 스스로 매달아 자살한 사건 기사가 주르륵 뜬다. 여기서 하나의 질문이 나올 수밖에 없다. 미디어가 오래전 떠들썩하게 보도했던 사건을 왜 그는 자신의 시집 속에서 굳이 다시 소환하는가? 우리는 어떤 미디어 매체도 결국 '사건'을 제대로 포착하지 못하게 된다는 들뢰즈의 역설을 떠올리게 된다. 그러니까 사건이란 "아무리 간단하고 심지어 순간적인 것이라고 해도 계속되기 때문이다."(Gilles Delleuze, Pourparlers 1972-1990, Minuit, 1990, p.218.) 이 시의 후반부는 그렇게 종결될 수 없는 것만이 사건이며, 그것이야말로 미디어적 체제가 말할 수 없는 진리에 육박하는 방식임을 전언한다. 사건이란 죽음이 무엇인지 설명하는 것이 아니라 죽음의 순간을 살아버리게 한다. 그런 점에서 택시운전사의 자살은, 오태환의 시 속에서, 한 번 더 추상 아닌 실제가 된다.

  둘째 날, 영서내륙지방으로부터 발달한 불안정한 기압골을 따라 국지성 폭우가 쏟아졌다 비는 그가 수신하지 않은 주민세납부독촉장을 적시지 못했고, 평생 분주히 싸다닌 개인택시의 주행거리를 적시지 못했고, 지난여름 땀을 뻘뻘 흘리며 혼자서 닭곰탕 국물을 뜨다가 문득 들었던 잡념을 적시지 못했고, 차상위계층 신청서를 꾹

꾹 눌러 작성하는 전처의 모나미볼펜을 적시지 못했고, 그가 공짜
로 수선해 준 동료기사의 등유보일러와 3단변속 자전거를 적시지
못했다 비는 그가 한 번도 만난 적 없는 사내가 어쩌다 한눈을 파는
것같이, 그저 쏟아져 내렸다
　　　　　　－「바다, 내 언어들의 희망 또는 그 고통스러운 조건 · 2
　　　　　　　　　　－ Anno Domni 2011년 4월 29일」부분

　택시운전사는 "머큐로크롬을 흥건히 묻힌 채 꽂아 놓은 면봉"
처럼 십자가 위에서 죽어있다. 사람들이 시신을 발견하고 신고한
다. 이는 예수의 수난을 흉내 낸 자살로 처리되고 종결된다. 그
런데 시인의 눈길은 택시운전사가 죽고 난 후에 남는 것들, 즉 사
건의 잉여들로 건너간다. 택시운전사의 "주민세납부독촉장"에서
"모나미볼펜", 그리고 "3단변속 자전거" 등으로 이어지는 유물들
이다. 유물들은 종결되지 않고, 시인은 그것들을 어떤 통합된 의
미로 규정짓지 않는다. 그것들은 다만 나열될 뿐인데, 어쩌면 이
불가피한 나열의 방식 속에 시인의 동감이 어려 있다.
　나열된 유물들은 비로 환유되는 자연, 혹은 죽음이라는 자연조
차 어쩌지 못하는 잉여이다. 잉여는 택시운전사가 살아왔던 다른
시간, 다른 공간들을 전하는 계기가 된다. 이러한 계기야말로 미
디어가 아니라 시인이 다가가는 진실의 한 부분일 것이다. 쏟아

지는 폭우마저도 유물들을 결코 적시지 못한다고 시인이 반복해서 전하는 까닭이다. 하지만 이들이 절망에서 희망으로 건너가는 일종의 긍정적 메시지를 함유하고 있지는 않다. 다만 오태환의 사실적 언술들의 고리는 십자가에 매달려 죽은 자가 얼마나 평범한 사람이었는지를 무연하게 보여준다.

언어를 부리는 그의 탁월한 솜씨에 대해서는 수많은 평자들이 언급한 바와 같이 이의가 없는 줄로 안다. 하지만 문태준이 언급했던 바와 같이 "영혼이 살근살근 스치며 움직이는 황홀한 느낌"의 수사적 묘미는 이번 시집에서는 상대적으로 부재한다. 특히 그가 비극적 죽음에 이르는 인물들을 묘사할 때는 "고아한 언어를 참신한 감각으로 부려내는 솜씨"에 대한 의지가 마치 사라진 듯하다. 그렇다고 비극적 죽음에 대한 어떤 분노나 윤리적 판단을 이끌어내지도 않는다. 오태환이 적고 있듯이 판단하지 않은 혹은 판단할 수 없는 사건 위로 그저 비가 쏟아져 내릴 뿐이다: "비는 그가 한 번도 만난 적 없는 사내가 어쩌다 한눈을 파는 것 같이, 그저 쏟아져 내렸다". 앞에서 살펴보았듯이, 오태환이 바랬던 궁극의 언어도 그렇지 않은가: "내 언어가 벼루를 내어 먹으로 가는 것은 시문詩文도 경사經史도 아니다 그저 빗소리일 뿐이다." 오태환은 '역사란 무엇인가'라는 부제가 붙은 또 다른 시에서 '고요'에 대해서 말해준다. 시는 우리에게 질문하게 만든다. 고요의 역사도 있는가? 고요도 사건이 될 수 있는가?

수단 서부 구릉지대, 쇠똥을 바르고 밀대를 얽은 움집 기슭에서 7살 난 한 소녀가, 밀기울죽처럼 엎질러져 있다 베네치타 하지지 땅내라도 쐬려는지, 소녀는 왼쪽 어깻죽지와 오른쪽 허벅지를 어슷하게, 가위같이 비껴 접고, 체체파리떼가 흥건한 옆얼굴을 납작납작, 땅바닥에 흘리고 있다 아까부터 이집트대머리독수리 서넛이, 낮게 그림자를 드리우며 날고 있는, CAT 오후 3시의 고요
동북방면으로 2,000㎞쯤 떨어진

이라크 북부 쿠르드지역, 혹은 검은 케피야를 두르고 혹은 흰 깐두라를 걸친 지하디스트 소년들이 미제 포드픽업을 타고, 어둡게 가라앉은 하늘을 향해 제 무릎까지 내려오는 AK-47소총을 난사하며 너덜길을 질주한다 알라 이외에 신은 없다 무함마드는 신의 예언자다 그들이 붉은 산록山麓을 예리하게 스쳐 사라지고 난 뒤, 진작에 메아리도 사라지고 난 뒤, GST 오후 3시의 고요
다시 동쪽으로 지구를 반 바퀴 가차이 돌아서

부산 겨울해운대 앞바다, 조금 더 오른편으로요 아니 거기 말고, 한 발짝만 뒤에 서 보세요 바다가 잘 안 보이네요 예, 좋습니다 조

금 더 붙으시고, 이런, 앞머리 좀 매만지시고, 치이즈! 하시면서,
자, 옳지 똑바로 여길 쳐다보세요 하나, 둘, 오케이— 한 번 더
　갓 결혼한, 모시조개 같은 한 쌍이 노출보정된 디지털카메라의 셔
터속도 속에서 밝은 날씨보다 더 밝게, 그림자처럼 웃고 있는, KST
오후 3시의 고요

— 「바다, 내 언어들의 희망 또는 그 고통스러운 조건 · 19

— 역사란 무엇인가②」 전문

시는 세 장소의 정적을 전한다. 수단 서부 구릉지대, 이라크 북
부 쿠르드 지역, 부산 해운대 앞바다의 '고요'이다. 그 고요가 우
연한 장소들에 대한 필연적 연관을 짓는다. 그중에서 우리에게
익숙한 것이 있다면 마지막 고요의 장소이다. 신혼부부가 해운대
앞에서 행복한 모습을 사진으로 찍는 동안 생겨난 고요이다. 시
는 그 순간에 동시적으로 일어난 또 다른 고요의 순간들을 겹쳐
낸다. 수단 소녀에게 일어난 아사餓死의 고요와 이라크 소년들의
총성 뒤에 찾아든 고요이다. 이러한 고요의 겹쳐짐은 들뢰즈의
언술 한 구절을 소환한다. "동일자를 질문에 부치는 일은 타자에
의해 발생한다."(질 들뢰즈, 『스피노자의 철학』, 박기순 옮김, 민음사, 20001,
p.46.) 그러니까 각기 다른 세 개의 고요는 우리에게 익숙한 평화
의 한 순간을 질문에 부쳐지게 한다. 사건의 진정한 변환을 생산

하는 것, 그것은 타자를 실체화함으로써 생겨난다. 하나의 고요가 다른 고요 속에서 발해지고, 그 고요가 또 다른 고요 속에서 사유될 때, 우리는 단순히 옳고 그름의 이분법으로 판정할 수 없는 변증법적 분절에 당도한다. 그러한 분절에는 한 삶(죽음)이 다른 삶(죽음)에 빚지고 있거나 연결되어 있다는 생생한 인식이 깃들어 있다. 시는 그렇게 관계함으로써 현실에 대한 기록이 아니라, "태어나는 상태의 사건"에 자리 잡는다.

겨울
바람이 분다 해변의 피아노

봄
나는 마당에 피는 꽃들을 목격하며 생각했다 꽃이 피는 것은 분명히 지금 벌어지는 사건이지만, 동시에 아직 벌어지지 않은 사건이며 금세 벌어질 사건이다 이미 벌어진 사건이기도 하고 이전에 벌어진 적이 없는 사건이기도 하다 꽃이 피는 것은 또, 아주 오래전부터 여태까지 연쇄적으로 벌어지고 있는 사건일 수도 있다 그러니까 앞으로 결코 벌어질 리 없는 사건이란 점은 부정하기 어렵다
―「바다, 내 언어들의 희망 또는 그 고통스러운 조건 · 6
― 점경들」 부분

봄에 오태환은 "피는 꽃들을 목격"하며 그것을 사건이라고 명명한다. 그런데 "피는 꽃" 사건은 전후와 맥락이 모두 사라진 채벌어지거나 벌어지지 않는다. 이는 이번 시집에서 부단하게 나타나는 그의 우주적 시점, 즉 양자역학과 불확정성의 원리로 펼쳐지는 우주에 대한 그의 천착과도 연결되어 있다. 좀 더 정리해보자면 시인은 피는 꽃 앞에서 벌어진 사건이 벌어지지 않을 그것이 되고, 벌어지지 않을 사건이 벌어진 그것이 되는 경우가 계속됨을 목격한다. "피는 꽃" 사건은 애초에 해결이 불가능한 미제未濟사건이 될 수밖에 없다. 우리는 오태환의 시를 "피는 꽃"이라고 해도 무방할 것 같다. 아름다워서가 아니라 사건 안에서 사건을 갱신하는 힘을 갖고 있기 때문이다. 그것은 "태어나기 이전부터 죽어도" 그 죽음까지도 다시 태어나도록 하는 삶의 힘이기도 할 것이다.

> 내가 죽어 나 태어나기 이전부터 그대 태어나기 이전부터 죽어,
> 머나먼 소금평원에서 온몸을 들키며 비행하는 혜성이 되리 혜성이
> 되어, 까마득히 온몸을 들키며 한 번 더 죽으리
> 　　　　－「바다, 내 언어들의 희망 또는 그 고통스러운 조건 · 9
> 　　　　－ 소금평원, 볼리비아 우유니Uyuni」 부분

나는 오태환의 시집들 중에서 이번 제목이 가장 길다는 지적을 첫마디에 했다. 끝으로 일화를 덧붙이자면,『바다, 내 언어들의 희망 또는 그 고통스러운 조건』이라는 제목이 결코 가볍지도 않아 글을 시작하는데 약간 주눅이 들었었다. 시인이 제목을 통해 모든 것을 압축해서 이미 자신의 시를 설명했다는 생각이 들었다. 바다에 대한 환유, 즉 고통과 희망의 조건적 대비는 선형적인 윤리의식으로 느껴져 그 무거움이 더해졌다. 하지만 각각의 시편들을 읽어가면서 그러한 대비가 세계와 주체와 언어에 대한 그의 절합적 성찰과 고투로 생겨났다는 것을 실감하게 되었다. 바로 지금까지의 해설이 제목처럼 길어진 까닭이기도 하다. 그가 "꽃은 피는 게 아니라 새는 것이다"라고 언명할 때, 이는 현실적 의미가 허여하는 기준점들을 넘어선다. 그리고 넘어서는 거기에서 희망과 고통뿐만 아니라 바다까지 목격토록 하는 것이 그의 시이다. 시가 사건으로 '벌어'지는 저편에 그 푸른 바다가 펼쳐지고 있다. 결코 설명할 수 없기 때문에 분명히 존재하는 곳처럼 말이다.